U0627200

百科通识文库新近书目

古代亚述简史

"垮掉派"简论

混沌理论

气候变化

当代小说

地球系统科学

优生学简论

哈布斯堡帝国简史

好莱坞简史

莎士比亚喜剧简论

莎士比亚悲剧简论

天气简述

百科通识
文库

莎士比亚悲剧简论

斯坦利·韦尔斯 著

赵国新 译

外语教学与研究出版社

北京

京权图字：01-2020-7240

© Stanley Wells 2017

Shakespeare's Tragedies: A Very Short Introduction was originally published in English in 2017. This bilingual edition is published by arrangement with Oxford University Press. Foreign Language Teaching and Research Publishing Co., Ltd is solely responsible for this translation from the original work and Oxford University Press shall have no liability for any errors, omissions or inaccuracies or ambiguities in such translation or for any losses caused by reliance thereon.

图书在版编目（CIP）数据

莎士比亚悲剧简论／（英）斯坦利·韦尔斯（Stanley Wells）著；赵国新译. —— 北京：外语教学与研究出版社，2021.3
（百科通识文库）
ISBN 978-7-5213-2417-4

Ⅰ. ①莎… Ⅱ. ①斯… ②赵… Ⅲ. ①莎士比亚（Shakespeare, William 1564–1616）-悲剧-文学研究 Ⅳ. ①I561.073

中国版本图书馆 CIP 数据核字 (2021) 第 036099 号

出 版 人	徐建忠
项目负责	姚 虹　周渝毅
责任编辑	周渝毅
责任校对	徐 宁
封面设计	泽 丹　覃一彪
版式设计	锋尚设计
出版发行	外语教学与研究出版社
社　　址	北京市西三环北路 19 号（100089）
网　　址	http://www.fltrp.com
印　　刷	紫恒印装有限公司
开　　本	889×1194　1/32
印　　张	7
版　　次	2021 年 3 月第 1 版 2021 年 3 月第 1 次印刷
书　　号	ISBN 978-7-5213-2417-4
定　　价	30.00 元

购书咨询：（010）88819926　电子邮箱：club@fltrp.com
外研书店：https://waiyants.tmall.com
凡印刷、装订质量问题，请联系我社印制部
联系电话：（010）61207896　电子邮箱：zhijian@fltrp.com
凡侵权、盗版书籍线索，请联系我社法律事务部
举报电话：（010）88817519　电子邮箱：banquan@fltrp.com
物料号：324170001

记载人类文明
沟通世界文化
www.fltrp.com

目 录

图 目

图 1. 《位于喜剧缪斯和悲剧缪斯之间的莎士比亚》（1825 年）。理查德·韦斯托尔（Richard Westall，1765—1836）绘，油画

绪论：

何为悲剧？

人们喜欢给事物贴标签。一想到戏剧，我们自然而然地会根据它们的题材以及题材的处理方式将其分门别类。最常见的戏剧种类是悲剧和喜剧；这种划分依据的是戏剧的整体基调和主要内容。而悲剧和喜剧又可以细分为：家庭悲剧、英雄悲剧和爱情悲剧；浪漫喜剧、闹剧式喜剧以及感伤喜剧；如此等等，不一而足。简单地讲，所谓喜剧，指的是那些旨在引人发笑、多少以大团圆——常为结婚——为结局的戏剧；所谓悲剧，指的是结尾不幸的戏剧，这种不幸通常表现为某位或多位核心人物告别人世。

莎士比亚的戏剧总共有三十七部左右。按照悲剧这个词最基本的含义，莎剧中约有一半是悲剧，也就是说，它们都是以某位或者多位核心人物的死亡为结尾的。悲剧创作贯穿着他戏剧生涯的始终，在写悲剧的同时，他也经常创作以喜剧为主要基调的戏剧。毫无疑问，他得兼顾这两种体裁，这是因为，至少在头几年当了自由撰稿人之后，他于1594年成为专职作家，效力于内廷大臣剧团，也就是后来的国王剧团，剧团希望他为剧院的常客们提供多样化的娱乐——虽说还有一层原因：他要应对内外压力，力求以戏剧的形式深入探讨生死问题。例如，哈姆莱特比罗密欧更有自我反省能力；同样写自我毁灭的过程，写麦克白要比写理查三世有更多的内心世界探讨；同样是写疯癫人物，写李尔王要比写泰特斯·安德洛尼克斯有更多的心理真实性。

在本书中，我要专章介绍莎士比亚的每一部悲剧，按照它们创作的先后顺序去写，至于对开本中罗列的历史剧，另有专书讨论，此书不再置喙。为了达到这套丛书的目的，我希望写出一本真正意义上的导论，也就是说，我为本书预设的读者是普通读者，尽管他们可能听说过全部或其中几部莎翁悲剧，但他们没有读过这些剧作或者看过它们的演出。另外，我还要引导读者去认识这些剧作引人入胜的缘由。我要论述每部剧的情节和结构、它的起源、它的文学和戏剧风格、它在莎剧发展过程中的地位、它的巨大影响力，以及它在过去几百年中为演员带来的机会和挑战。

1623 年，首部莎士比亚戏剧集出版，这就是大名鼎鼎的"第一对开本"。编者们并没有简单地将莎剧划分为喜剧和悲剧，而是将其分为喜剧、悲剧和历史剧三种。在"历史剧"名下，他们只收录了以英格兰历史为题材的剧作；那些取材于希腊、罗马、苏格兰以及古不列颠史事的剧作——都是以某位或多位核心人物的死亡为结局——他们称其为悲剧。编者们发现某些剧作很难归类。《辛白林》现在常被视为喜剧（虽说是一种独特的喜剧），里面有历史的成分，可他们却把它归类为悲剧；他们还把《特洛伊罗斯与克瑞西达》塞进了悲剧名下，而巴特·范·埃斯（Bart van Es）在本套丛书的《莎士比亚喜剧简论》中称其为"问题喜剧"——介于历史剧和悲剧之间的一种体裁。

第一对开本对莎剧的整体归类是不合逻辑的，原因在于，它对悲剧和喜剧的划分，依据的是戏剧形式，而它对历史剧的分类，依据的是题材。1598 年首次发表的莎士比亚戏剧名单只承认莎剧有两种：喜剧和悲剧；这种分类更合乎逻辑。这个名单就出现在弗朗西斯·米尔斯（Francis Meres）的《智慧宝藏》一书中。米尔斯在书中写道：

> 正如普劳图斯（Plautus）和塞内加（Seneca）被视为古罗马人当中最出色的喜剧作家和悲剧作家，莎士比亚在英格兰人当中既是最出色的喜剧家，又是最出色的悲剧家；他的喜剧包括：《维洛那二绅士》《错误的喜剧》《爱的徒劳》《苍天不负有情人》《仲夏夜之梦》《威尼斯商人》；他的悲剧包括：《理查二世》《理查三世》《亨利四世》《约翰王》《泰特斯·安德洛尼克斯》《罗密欧与朱丽叶》。

这里有一个未解之谜：根本不存在所谓《苍天不负有情人》这部剧；它要么佚失了，要么是流传至今的某部剧作的别名。但这是题外话，在此按下不表。与讨论莎士比亚悲剧相关的是，在米尔斯笔下，英格兰史和罗马史题材的戏剧（连同非历史剧《罗密欧与朱丽叶》）都被列在悲剧名下，而对开本则为它们另立门户，称其为历史剧。换句话说，米尔斯是根据古典戏剧传下来的形式为戏剧分类的，对开本则把讲史戏剧单列出来，而不管它们在塑造故事情节的过程中，究竟是以喜剧为主要基调，还是以悲剧为主要基调。

这种分类方式（对于有些戏剧，按照形式分类，其他则按照题材分类）永久性地（在我看来，则是令人痛惜地）影响了人们对戏剧的探讨。历史事件可用各种戏剧形式去再现。仅以莎士比亚为例，他把理查二世和理查三世统治时期的史事塑造成近似于悲剧的文学形式，这一点最为明显不过了，它们都是以某位核心人物的死亡为高潮的；然而，在《亨利四世》（上、下）和《亨利五世》这三部剧中，他在表现这两朝史事之际，却没有以亨利四世之死为高潮。这三部剧还包含了许多复杂的喜剧性桥段，其中出现了莎士比亚笔下最有名的喜剧人物约翰·福斯塔夫爵士，最后的高潮也一反我们对悲剧的期待，没有以亨利五世之死作结，而是像喜剧那样，以亨利五世迎娶法兰西公主、英法两国有望统一作结。

还有一点不要忘记，在莎士比亚的大部分喜剧中，有些内容都可被视为悲剧因素——《维洛那二绅士》中的一位女主人公险些遭到强奸；有些人物还曾命悬一线，例如

《错误的喜剧》中的伊勤、《威尼斯商人》中的安东尼奥、《一报还一报》中的克劳迪奥，以及《暴风雨》中的普洛斯彼罗；还有许多要角表面上死亡，例如《无事生非》中的希罗、《冬天的故事》中的赫米温妮，以及《辛白林》中的伊诺贞；这里仅举数例。在莎士比亚创作后期，悲喜剧这种体裁——或者说是次体裁——方兴未艾，他从中采用了一些常规手法。

正如莎士比亚的喜剧经常近乎悲剧，他的悲剧也时常提供诙谐的反讽视角，帮助人们看待剧中事件，例如《泰特斯·安德洛尼克斯》中的摩尔人阿戎、《李尔王》中的傻子的视角；此外，它们还提供了一些与喜剧相关的东西，例如《尤力乌斯·凯撒》和《科利奥兰纳斯》中对市民的嘲讽、《麦克白》中的城堡看门人、《奥瑟罗》和《安东尼与克莉奥佩特拉》中的小丑。《哈姆莱特》自始至终夹杂着喜剧因素。这些情况表明，莎士比亚在寻找故事素材的时候，更在意的是找到具有多重戏剧效果的故事，而不是与传统戏剧种类相吻合的故事。关于这一点，塞缪尔·约翰逊（Samuel Johnson）的论述最为雄辩有力，他在1765年的莎士比亚戏剧集的序言中写道：

　　莎士比亚的剧本，按照严格的意义和文学批评的范畴来说，既不是悲剧，也不是喜剧，而是一种特殊类型的创作；它表现普通人性的真实状态，既有善也有恶，亦喜亦悲，而且错综复杂，变化无穷，它也表现出世事常规，一个人的损失便是另一个人的得利；往往在同一时刻，一个人作乐，赶赴宴会，而另一个人埋葬亡友，哀伤不已；往往一个人蓄意害人，却因另一个人开了个玩笑而变得前功尽弃，也往往有这样的情况，就是人们无意之间做了许多好事和坏事，或者阻止住这些好事和坏事的发生。[1]

　　虽说如此，我们能否找到一个更为精确的定义，将悲剧与那些纯粹以不幸事件为结局的戏剧区分开来？悲剧这种戏剧形式肇始于古希腊的索福克勒斯（Sophocles）、欧里庇得斯（Euripides）以及埃斯库罗斯（Aeschylus）等人的作品，亚里士多德（Aristotle，公元前384—前322年）影响弥足深远的《诗学》给它下过一个著名的定义。亚里

1　译文见中国社会科学院文学研究所编《文艺理论译丛》（下）第837—838页，知识产权出版社，2010年，李赋宁、潘家洵译。——译注，下同

士多德认为，所有的剧作都应该奉行所谓时间、地点和行动相一致的原则，悲剧应该描写英雄人物殒命的故事，环境因素让他们的命运发生逆转，从而置他们于死地。据说这会产生净化效果，即帮助观众宣泄心中的同情和恐惧。（虽说没有证据显示莎士比亚读过这部《诗学》，然而，在《李尔王》当中，当奥尔巴尼让人抬出贡妮芮和丽根的尸体时，他说了一句话："上天如此的审判，令我们战栗，/却不会同情。"[1][《李尔王》，第五幕，第三场，226—227行] 这句话似乎援引了亚里士多德的净化观念。）

在莎士比亚时代，正如在我们这个时代，"悲剧"一词的使用十分宽泛，并不限于戏剧范围之内，它兼指那些给当事人带来灾难性后果的事件，以及叙述这类事件的作品，这样的作品可以是戏剧作品，也可以是非戏剧作品。不过，可以肯定的是，莎士比亚了解悲剧这种戏剧形式。我们还拿不准莎士比亚是否读过一手的古希腊伟大悲剧，但他肯定知道它们派生的作品：塞内加（约公元前4—公元65年）的古罗马悲剧，并且受到塞内加的影响。塞内

---

1 本书所引《李尔王》译文，均出自彭镜禧译《李尔王》，外语教学与研究出版社，2016年。为行文方便，个别地方有所改动。

加的作品由贾斯珀·海伍德（Jasper Heywood）等人译成
了英文，于 1581 年出版，而就在五年之前，伦敦建成了
第一座重要的戏园子——剧场。塞内加的戏剧极度严肃，
尽是些耸人听闻的内容，它们是供人背诵和阅读的，而不
是供演出使用的。辞藻华丽，高谈道德，浮词虚饰，渲染
恐怖事件，常写鬼神巫师，它们以书本的形式（而非演
出的形式）深刻影响了伊丽莎白时代的第一批戏剧大家，
例如托马斯·基德（Thomas Kyd）、克里斯托弗·马洛
（Christopher Marlowe）、乔治·皮尔（George Peele），以
及罗伯特·格林（Robert Greene）。在一定程度上，通过
这些人的作品，塞内加还影响到了比他们稍晚一点的同时
代人、他们的直接后继者莎士比亚。

　　在古往今来的所有剧作家当中，塞内加是莎士比亚曾
经提到的两位剧作家之一，另一位是喜剧家普劳图斯（约
公元前 254—前 184 年）。普劳图斯的剧作，连同他的后
继者泰伦提乌斯（Terence，约公元前 190—前 159 年）的
作品，是莎士比亚时代文法学校的教学内容，甚至是那里
的演出剧目。在《哈姆莱特》中，波洛纽斯将塞内加与
普劳图斯分别视为悲剧和喜剧这两种对立体裁的典型作

家——"演塞内加的剧，要多悲惨就有多悲惨，演普劳图斯的剧，要多轻松就有多轻松"[1]（《哈姆莱特》，第二幕，第二场，401—402 行 ）。有意思的是，就在莎士比亚写《哈姆莱特》的两三年前，文学编年史家弗朗西斯·米尔斯将这些戏剧家与莎士比亚进行了比较（如前文所述）。

当然，莎士比亚的某些剧作显示，他对古典戏剧创作是有所了解的。他最有古典遗风的戏剧是《错误的喜剧》，剧名就带有罗马人造的"喜剧"一词。这部剧取材于普劳图斯的《孪生兄弟》，或多或少地遵循了所谓的古典三一律：地点、时间和行动的统一，也就是说，剧情只用一个情节，故事发生在一个地方，时间限制在一天之内。（另一部与此接近的莎剧是《暴风雨》。）然而，即便在《错误的喜剧》中，莎士比亚又从一部中世纪传奇中提取素材，增添了一个情节，从而使故事变得更为复杂。到戏剧生涯行将结束之际，他将在一部剧中再次使用那部中世纪传奇，它就是莎剧中古典色彩最为淡薄的剧作之一：《泰尔亲王佩里克利斯》。

1　本书所引《哈姆莱特》译文，均出自辜正坤译《哈姆莱特》，外语教学与研究出版社，2016 年。个别地方有所改动。

莎士比亚在剧中多次使用"悲剧"和"悲剧的"这两个词，但一直用的是它们的一般意义，泛指"对某一严肃行动的戏剧再现"或"让人伤悼和胆寒的事件"，亚历山大·施密特（Alexander Schmidt）在其名作《莎士比亚词语汇释》中如是说。事实上，他首次"对某一严肃行动的再现"，用的却是非戏剧形式。这就是他的长篇叙事诗《鲁克丽丝受辱记》。这首长诗发表于 1594 年，是前一年发表的诙谐的、喜剧色彩浓厚的（虽说最终是哀怨的）长诗《维纳斯与阿都尼》的姊妹篇。这两首长诗讲的都是古典题材的故事，取材于罗马诗人奥维德（Ovid）的诗篇。奥维德是莎士比亚最喜爱的作家之一，他在创作生涯中多次提及和引用了奥维德的作品。

《鲁克丽丝受辱记》主要讲的是罗马妇人鲁克丽丝被丈夫科拉丁的好友兼同袍塔昆强奸后自杀身亡的悲剧故事。鲁克丽丝是可悲的受害人——在情欲的驱使下，强奸者塔昆背叛了她的丈夫，"我的密友和姻亲"[1]（237 行）——诗中对塔昆饱受思想折磨和心理挣扎、苦苦抵御诱惑的描

1　本书所引《鲁克丽丝受辱记》译文，均出自杨德豫译《鲁克丽丝受辱记》，《莎士比亚全集》第十一卷，人民文学出版社，1978 年。

写，却赋予他一种后期作品中麦克白式的悲剧英雄的地
位。麦克白想象着"瘦骨嶙峋的杀人凶手"，"迈着塔奎因
（塔昆）式的淫荡步伐"[1]走向他的受害人（《麦克白》，第
二幕，第一场，52—56 行）。鲁克丽丝在悲叹自家命运之
际，说道："夜呵，你这地狱的化身……在你漆黑的舞台
上，专演悲剧和罪行。"这里提到了剧院，听到这几句台
词，莎士比亚时代的读者们就会想到悲剧舞台上悬挂的
黑幕，《亨利六世》（上）的第一句台词就是"让天棚挂
起黑幕"[2]。在当时的剧院中，"天棚"就是罩在舞台上空的
顶篷。

在奥维德的原作中，这个故事相对简短，莎士比亚
将它大大扩充了。在这个过程中，莎士比亚经常使用"格
言警句"（*sententiae*）评论剧情的道德论断，让他生动的
悲剧变得更加庄重和严肃。这些悲剧的共同特征有助于我
们理解莎士比亚心目中的"悲剧"的内涵。所有的悲剧
均以某位或多位核心人物的死亡而告终；所有的悲剧，就

1　本书所引《麦克白》译文，均出自辜正坤译《麦克白》，外语教学与研
究出版社，2016 年。个别地方有所改动。

2　本书所引《亨利六世》（上）译文，均出自覃学岚译《亨利六世》（上），
外语教学与研究出版社，2016 年。

像《鲁克丽丝受辱记》一样，都包含着一些道德评论和哲学反思（不过，他在喜剧中也是如法炮制的）。但是，既然我们已经说到全部悲剧，我们就得先说一下例外的情形，例如，我们得说"所有的悲剧——除了《罗密欧与朱丽叶》以及《奥瑟罗》——都或多或少地将故事背景放在遥远的古代"，或者，"所有这些作品——除了《罗密欧与朱丽叶》，或许还有《奥瑟罗》——都集中关注出身高贵的人物，他们的个人下场与国家命运息息相关"。

这一点让一些批评家对于如何界定莎士比亚心目中的悲剧深感绝望，例如，批评家肯尼思·缪尔（Kenneth Muir）于1958年在英国国家学术院的一次讲座中说："根本不存在莎士比亚式的悲剧（Shakespearian tragedy）。世上只有莎士比亚的种种悲剧（Shakespeare's tragedies）。"这种说法虽然简洁喜人，便于引用，但或许有点油腔滑调的味道。实际上，莎士比亚的悲剧虽说内容广泛、形式多样，但大部分悲剧在描写某位或多位核心人物的时候，都会探讨某种程度的内心世界，并且暗示，导致他们覆灭的灾难与他们的个性密不可分。(《罗密欧与朱丽叶》或许再次成为例外，因为，在这部剧中，决定这对恋人命运的是外部

势力，而非他们的个人性格。）不过，他的一些喜剧中的
人物也是如此。最显著的是《一报还一报》中的安吉鲁和
《冬天的故事》中的里昂提斯，虽说他们最后都得到了救赎。
对开本的分类法在牛津大学出版社的这个导论系列中也有
所反映：莎剧被分为悲剧、喜剧和历史剧三种。出于这个
原因，在撰写悲剧简论时，我只论述那些不是以英格兰史
事为题材的作品。

　　在悲剧名下的莎剧当中，缺乏一种明确的悲剧理论，
这一点促使我分别论述每一部悲剧，而不是采取主题研究
的方法。在这个过程中，我希望能写出每部剧的独特性，
写出每部剧中让当代读者和观众感到饶有趣味和意味深长
的地方，写出它的影响，写出它给人们带来的快乐。

第一章

莎士比亚时代上演的悲剧

莎士比亚在剧坛崭露头角之际，悲剧演出极为盛行。在出道早一点的同时代人当中，有一颗明星最为耀眼，倘若此人不是在 1593 年二十九岁时英年早逝的话——此时莎士比亚刚动笔创作——日后唯有他可与莎士比亚一较高下，他就是克里斯托弗·马洛。马洛仅比莎士比亚大几个月，与莎士比亚一样，他出身也很寒微，大学毕业，在剧坛出道更早；他还是了不起的抒情诗人和翻译家；他也是一位多产的剧作家，1587 年完成的《帖木儿大帝》（上、下）在观众中引起了巨大的反响，对同时代和后世的剧作家产生了开创性的影响。

此后，马洛又写了几部悲剧名作，其中包括反讽意味浓厚的《马耳他的犹太人》、大胆创新的《爱德华二世》

（这部剧取材于英格兰历史，讲述了国王和宠臣皮尔斯·加韦斯顿悲惨的同性爱情），还有表面滑稽而寓意严肃的《浮士德博士》，它们都对莎士比亚的文风和戏剧艺术产生了明显的影响。在 1623 年出版的第一对开本中，本·琼森（Ben Jonson）在赞颂莎士比亚的同时，还提到"马洛雄浑有力的诗行"，赞扬他笔下史诗般的文风——马洛对英国戏剧的发展贡献颇多，这只是其中的一项。

作品数量较少的托马斯·基德（1558—1594）也让莎士比亚受益良多。基德创作于 1587 年的《西班牙悲剧》深受塞内加的影响，在一系列英国复仇悲剧——例如莎士比亚的《泰特斯·安德洛尼克斯》和《哈姆莱特》——当中，它是开山之作。与约十五年后问世的《哈姆莱特》一样，基德的戏剧也具有以下特色：复仇情节，鬼魂出没，癫狂场面，哑剧演出，爱情受挫，复仇者导演的戏中戏，关于死后灵魂的哲思，以谋杀乱局为高潮的多次暴力冲突。这部剧几乎通篇使用华丽繁复的诗体，充斥着大段铺张凌厉的台词，包括拉丁文段落——有些直接引自塞内加的作品——和意大利文段落，典故俯拾即是，这样的作品不像是普通观众所能欣赏的。然而，它无论是以剧本出版还是作舞台演出，都取得了巨大成功：从 1592 年到 1633 年，这个剧本印刷了十版，超过莎士比亚任何一部剧；它还经常被其他剧作戏仿和模仿。"希罗尼莫不计较，不计较"成为伊丽莎白时代戏剧的口头禅，希罗尼莫悲悼儿子霍拉修被杀死时的那段独白，经常为人引用——在一定程度上还亲切地被人戏仿。它铺张凌厉、高度华丽的文风非常接近莎士比亚的早期戏剧。

啊，眼睛！——不是什么眼睛，而是充满泪水的喷泉，

啊，生命！——不是什么生命，而是死亡的存活形式。

啊，世道！——不是什么世道，而是一件又一件公然的恶行

混乱不堪，到处是谋杀和暴行！

啊，苍天哪！如果这种恶行，

如果这种非人道的和野蛮的举止，

如果这种针对我进行的

却让我儿子死去的史无前例的谋杀，

得不到揭露和报复，

如果你不公正地对待那些相信你秉公办事的人，

> 那么，我们怎么能称你为正义的化身？
> 　　　　（《西班牙悲剧》，第三幕，第二场，1—11 行）

但它也以表现耸人听闻的剧情为特色，特别是描写希罗尼莫故意咬断自己的舌头的片段，就很说明问题。

莎士比亚悲剧的形式与风格，正如他的全部戏剧，在一定程度上取决于以下因素：演出剧院的物质条件，演出剧团的性质，当时戏剧表演的常规惯例，以及观众们的期待——这方面因素的重要性要小一些。至少在他创作生涯之初，观众们期待戏剧大部分或者全部都用诗体写成，且大部分诗体应该是素体诗——十音节不押韵的抑扬格诗行，它之所以通行于戏剧当中，是拜马洛之赐。罗密欧的那句"嘘！是什么光穿透那边的窗棂？……"[1] 就是这样的素体诗。不过，它经常还是会插入韵律，尤其是在总结某段话、某个场景或某部剧的时候，例如：

> 大事已定。班柯，你将魂飞九天；
> 若你有幸找到天堂，则必在今晚。

1　本书所引《罗密欧与朱丽叶》译文，均出自辜正坤译《罗密欧与朱丽叶》，外语教学与研究出版社，2016 年。

麦克白命人谋杀班柯之后如是说（《麦克白》，第三幕，第一场，142—143行）。

随着时间的流逝，莎士比亚越来越随意地使用散文体，以便取得多重效果。在他的所有戏剧中，只有四部且全部为历史剧是（或几乎都是）用诗体写的（《理查二世》《约翰王》，以及《亨利六世》的第一部和第三部）。在他创作生涯的大部分时间里，戏剧创作风格比起后世更为纷繁多样，从精雕细刻的文学诗体到口语散文体，不一而足。在英国戏剧史上，还没有哪一个时代为剧院创作了这么多精妙的文学作品。个人的台词常常带有歌剧咏叹调的味道，当人物针对他们的际遇作出情感或理智反应的时候，这种特点可以大大丰富甚至支持剧情。最有名的例证当然是哈姆莱特的"死，还是生……"（to be, or not to be…;《哈姆莱特》，第三幕，第一场，58行）。甚至散文体台词，无论是严肃的，还是喜剧性的，经常是用一种非常传统的、辞采富丽的文风写成的，这种文风受到了伊丽莎白时代文法学校的修辞学和演讲术训练的影响。

戏剧演出是不间断的——幕间休息在莎士比亚创作后期才出现。公共剧院的演出经常在露天场地举行，因此，演出必须在天黑之前结束。这些剧院一般都把舞台搭在观众席中央，留两三扇门通往后台——也就是化装间；还要搭一个顶层演出台；再往上就是可以支撑飞行设备的顶篷和可以自上降下的王座。焰火可以替代闪电；用炮弹沿着槽子滚动模仿雷声等办法可以制造音响效果；为了向皇家致敬，甚至可以放炮。在 1613 年演出《亨利八世》期间，放炮还引起一场大火：茅草屋顶被点燃，剧院被烧成了一片瓦砾。

剧团雇乐师为舞蹈和游行伴奏，雇喇叭手表现隆重的仪式，雇鼓手烘托战争场面，有些演员——例如奥菲利娅、苔丝梦娜和李尔王的傻子——需要演唱，还得吹笛子为自己伴奏。由于演员与观众之间没有幕布，所以，剧演完了之后，还要清理舞台，移走"尸体"：在《哈姆莱特》《李尔王》和《科利奥兰纳斯》的结尾，都出现了送葬队伍。

演出也在王宫大殿举行；尤其当剧团去地方巡演的时候，演出地点经常选在市政厅（正如他们在莎士比亚度过少年时代的埃文河畔斯特拉特福做过的那样）、大宅子、客栈、客栈的院子以及条件较差的场所。在条件差的地方演出，如果没有顶层演出台来表演朱丽叶出现在窗台这段戏，或者没法在舞台上造出安放奥菲利娅遗体的坟坑，就得减少道具，迅速调整剧本内容。在这一时期，改动剧本内容是家常便饭。

当时的观众已经习惯于戏剧和剧院的成规，这其中包括了常用的韵文，而现代读者可能对此不太熟悉。演出伊始，经常念一首开场诗来介绍剧情，《罗密欧与朱丽叶》和《特洛伊罗斯与克瑞西达》就是如此；有时也穿插歌队的台词，《亨利五世》和《泰尔亲王佩里克利斯》就是如此；或者像《皆大欢喜》和《暴风雨》那样，以收场白告终。剧中人物经常使用独白——大段大段的台词，通常用诗体写成，要么是自言自语，要么是说给观众听：如今我们最熟悉的独白就是哈姆莱特的"死，还是生……"以及麦克白的"明朝，明朝，又一个明朝……"（《麦克白》，第五幕，第五场，18行）。他们还经常讲旁白，要么是讲给台上特定的人物听，要么是讲给观众听。

一般来说，一个剧团约有十四名专职演员，另有兼职的业余演员作替补；在一场演出中，一位演员经常扮演多个角色，剧作家在写剧本的时候要考虑到这一点，例如，他必须给演员留下足够的时间去换衣服。与后来的戏剧演出大不相同的是，所有的女性角色，甚至是妇人的角色，例如麦克白夫人和克莉奥佩特拉，均由男演员扮演，从少年——有些人曾经上过唱诗班学校或者曾经在成人剧团向资深演员学艺——到半大小伙子都有：这有助于解释为何这些剧中女性角色相对稀少——例如，在《尤力乌斯·凯撒》和《哈姆莱特》中，只有两位女性——以及为何大部分女性是年轻女子而不是妇人。

当时观众的情况很难归纳总结。他们当中可能有行为无礼、趣味低级的观众，正如哈姆莱特所说，只会"对莫名其妙的场面和噪音胡乱喝彩"（《哈姆莱特》，第三幕，第二场，12—13 行）。但是，我们在屈尊俯就对待他们之前，不要忘记，他们也赞赏并捧红了某些对情感和思想要求极高的博大精深之作，这一点从下文中可以看出来。

第二章

《泰特斯·安德洛尼克斯》

在莎士比亚的全部剧作中,《泰特斯·安德洛尼克斯》评价最低,也最显过时——不过,剧中还是有一些精彩段落的,也为演员提供了出色发挥的机会。它也是塞内加风格最浓厚的一部莎剧。它是首部取材于非英格兰史事的莎士比亚悲剧,或许还是首部莎士比亚悲剧。虽说故事背景设在古罗马,但是,在所有罗马题材的莎剧中,它是最缺少历史真实性的。据记载,它的首场演出时间是1594年,演出地点是岸边区的玫瑰剧院,同年被印刷成册(没有表明作者的身份),接下来又印了两版,到了1623年,它被收入第一对开本,但又增加了一场戏(第三幕,第二场)。

当年,这部剧的演出取得了巨大的成功,这一点可见于本·琼森的《巴塞罗缪集市》(1614)序言,这段话满怀讥讽，或许还不无嫉妒："有的人会发誓说，《希罗尼莫》（《西班牙悲剧》的别称）或《泰特斯·安德洛尼克斯》是最出色的剧作，我对这点并无异议，我的这种判断在这二十五或三十年中一直如此，没有改变。"然而，到了后来，琼森的论断却被认为大错特错，至少在1955年之前被认为是这样。就在那一年，彼得·布鲁克（Peter Brook）执导了这部剧具有里程碑意义的演出，主演是劳伦斯·奥立弗（Laurence Olivier），这次演出从剧本中发掘出了先前被人忽视的精彩之处。

过去，人们一直认为，剧中对恐怖至极的情节的呈现让人大倒胃口，以至于他们怀疑——实际上还希望——莎士比亚根本不是这部剧的作者，或者仅仅创作了其中的一部分（没准儿还真是这样）。不过，弗朗西斯·米尔斯在1598年将它列入莎剧名单之中，莎士比亚的同事们也认为这是他的作品，从而将它收录在1623年出版的第一对开本中。一位名叫爱德华·雷文斯克罗夫特（Edward Ravenscroft，约1654—1707年）的剧作家说，它是"莎士比亚所有作品中最粗糙的、问题最严重的一部"；它"更像是一堆垃圾而不像是一部条理分明的作品"。他还听说，莎士比亚只"对一两个主要部分或人物进行了润色";即便如此，他依然认为这部剧有改编价值，可供当时演出之需。他的评论以及他对作者身份的怀疑一直延续了好几百年。在1927年首次发表的一篇文章中，T. S. 艾略特（T. S. Eliot）称它是"有史以来最愚蠢、最沉闷的剧作之一"。然而，从那时起，许多精彩的演出诞生了，剧名角色有出色的表演，再加上新的艺术观念认为，舞台上不妨再现暴力场面，导致该剧得到重新评价。大部分学者都接受了如下观点：这部剧是莎士比亚与乔治·皮尔合著的；一般认为，皮尔创作了第一幕，以及第二幕的第一场和第四幕的第一场。这并不意味着莎士比亚能和此剧摆脱干系——这可能是一次愉快的合作——他依然要为某些极度令人生厌的片段负责。

虽说该剧把背景设在了古罗马，但它的故事却不见于史乘。它的双重复仇情节设计巧妙，吸收了大量恐怖的，但戏剧效果明显、有时还很动人的桥段，其中大部分是用华丽的素体诗写成的。这部剧的开场很壮观，当罗马保民官和元老们在喇叭和鼓乐的伴奏下走向顶层演出台的时候，它大量使用了伊丽莎白时代的剧院资源。在这些人

物对面，罗马先帝的长子萨特尼纳斯从下方的舞台一侧上
场，先帝的次子巴西安纳斯从下方的舞台另一侧入场，每
个人都带着随从，反正剧院能找来多少人，他们就带多少
人。鼓乐和花腔喇叭为戏剧增添了声色。兄弟二人正在和
老将泰特斯争夺"罗马皇冠"[1]。泰特斯的出场给人留下了
深刻的印象，他带着四位仅存于世的儿子玛舍斯、缪舍斯、
卢修斯和昆塔斯，女儿拉维妮娅，以及他其余二十一个战
死疆场的儿子——剧院能够找到的人——的黑色棺材上场
了。他把他们的尸体带回罗马安葬，舞台上张开了一座坟
墓，安放这些棺材。

在泰特斯的随行人员中，有些人是战俘，其中包括哥
特人的女王鞑魔拉、她的三个儿子，以及摩尔人阿戎。阿
戎在长长的开场戏中未发一言，没有发挥任何作用。泰特
斯命人杀死鞑魔拉的长子阿拉勃斯，告慰儿子们的在天之
灵，阿拉勃斯被拖下舞台，杀死献祭。泰特斯以年迈体衰
为由，将罗马皇位让给了萨特尼纳斯，后者最初答应迎娶
拉维妮娅，但很快移情别恋，娶了鞑魔拉，巴西安纳斯娶

1　本书所引《泰特斯·安德洛尼克斯》译文，均出自韩志华译《泰特斯·安
　德洛尼克斯》，外语教学与研究出版社，2016 年。个别地方有所改动。

了拉维妮娅。第一场复仇开始了。**鞳魔拉教唆自己的两**个儿子——令人胆寒的艾戎和德魔瑞乌斯——展开复仇行动，他们先是（在舞台上）刺死了巴西安纳斯，然后抓走他的妻子拉维妮娅，在她身上"满足他们的淫欲"。后来，他们又把她带到舞台上，莎士比亚在最令人不寒而栗的舞台指示之一中交代："皇后的儿子艾戎与德魔瑞乌斯带着拉维妮娅上（了舞台）。拉维妮娅已遭轮奸，双手和舌头被砍掉。"他们将巴西安纳斯的尸体扔进了舞台上的坟坑，然后嫁祸给泰特斯的两个儿子，这两个人中计落入土坑，最后被宣判处死。

鞳魔拉的情人阿戎哄骗泰特斯：如果他让阿戎砍掉他的一只手，就可以保全两个儿子的性命，泰特斯上当了，果然在舞台上让阿戎砍掉了自己的手。信差带回了泰特斯的手和他两个儿子的人头，"也属他们挪揄弄鬼"。泰特斯因此发誓复仇，然后这只可怕的队伍离场：

誓成。来，兄弟，你托一颗人头，

我这只手也托一颗人头。

拉维妮娅，你也来帮忙；

将那只断手衔起，小姑娘。

（第三幕，第一场，278—281行）

　　第二场复仇始于一个象征性的场景（第三幕，第二场），这场戏是后来补写的（很可能出自托马斯·米德尔顿［Thomas Middleton］之手）；它的首次印行是在1623年的对开本中。在这场戏中，玛克斯打死了一只苍蝇。泰特斯责怪他。但是，玛克斯申辩说"那只黝黑的苍蝇令人生厌，／就像是皇后的摩尔人"，泰特斯听了这话之后，一个劲儿地刺向苍蝇。拉维妮娅用残肢打开了奥维德的《变形记》，翻到了菲洛梅尔遭强奸这个故事，然后又用残肢引杖，在沙地上写出了两名强奸犯的名字。

　　鞑魔拉与阿戎有了私生子，由于这孩子的皮肤是黑的，她便想杀了他，以防泄露私情，但阿戎不肯，为了灭口，他（在舞台上）杀死了孩子的保姆。泰特斯快要发疯了，派信差到神祇那里去上诉冤情。到了全剧行将结束那几场，他已经被逼疯，带着他的兄弟玛克斯以及唯一尚在人间的儿子卢修斯，向鞑魔拉及其子展开了最后惊人的复仇行动。他还杀死了自己的女儿，因为这样一来，她就不会"苟活于奇耻大辱"。他在（舞台上）割断了鞑魔拉儿子的喉咙，将他们的脑袋烤成了馅饼，献给萨特尼纳斯和鞑魔拉，让他们吃掉。在剧本的三行台词之间——舞台上的几秒钟之内——他刺死了鞑魔拉，自己也被萨特尼纳斯杀死，他儿子替他报仇，杀死了萨特尼纳斯。卢修斯当上了罗马皇帝，与玛克斯一起掩埋死者，惩罚阿戎，重整罗马河山。

此剧展现剧情的方式粗陋得引人发笑。实际上，它经常让观众发出不应有的笑声。1923 年，剧评家詹姆斯·阿格特（James Agate）写道，观众们看到，在五秒钟之内，鞑魔拉、泰特斯和萨特尼纳斯相继死去，就像看滑稽狗血剧一样哄堂大笑。

在另一方面，有些地方似乎用笔过多，矫揉造作。当玛克斯遇到被强奸并被砍掉四肢的侄女的时候，不但没有像自然主义戏剧中可能发生的那样喊人来帮忙，反而发表了一段长达四十七行的典雅台词，这些台词是用素体诗的形式写的，颇具奥维德的文风，其中还直接提到了此剧的蓝本，即奥维德作品中菲洛梅尔被强奸的传说。他说道：

为什么你沉吟不语？

唉，那汩汩热血汇成条条殷红的河渠，
宛若泉水激涌，清风徐徐，
在玫瑰色的唇间恣意荡漾，
和着你蜜浆般的气息含丝吐缕。
一定是哪个忒柔斯将你污奸，
让你割舌缄口，
从此不能一言。
你现在转脸过去，自觉耻辱凄惨，
尽管三处枝桠同时血如泉涌，
你依然面露绯颜，
宛如直穿云霾的太阳神提坦。
我能否为你言说心声？我能否确定所料是真？
唉，唯愿我能通你心语，挖出这暴徒野兽，
骂他个狗血喷头，来缓解我心中万般恸忧。

（第二幕，第四场，21—35 行）

这一大段台词充满了明喻和暗喻、头韵和习惯表达，还有典故（有的来自奥维德的作品）以及修辞性疑问（必须是修辞性疑问，因为拉维妮娅已经没有了舌头，说不出话来），这是剧作家有意识地人为创作的结果，模仿了古典作家的作品，这些作品应是青年莎士比亚参与创作此剧前不久在文法学校学过的。

从自然主义的角度来说，问题在于，可怜的拉维妮娅如今最需要的是切实可行的救助，而不是从困境中取材吟诗。由彼得·布鲁克在 1955 年执导、劳伦斯·奥立弗扮演泰特斯的这部剧，是后伊丽莎白时代此剧版本中首部真正的杰作。布鲁克把这段台词全部删掉。同样，大批评家弗兰克·克默德（Frank Kermode）错误地认为，玛克斯"是在作诗讲拉维妮娅的外貌与以往不同，他的方式就跟非戏剧诗的方式一样"。这是对文本的一种非戏剧化解读。事实上，这段诗表明，玛克斯意识到了这位被强奸和被断肢的女性沉默的存在，他直接与之对话，提示她作出反应，在她打手势或作出行动以回应自己的话时进行了停顿，表达悲痛之情。朱莉·泰摩尔（Julie Taymor）在 1999 年的电影版中压缩了这段台词，但她意识到了这个问题的存在：她让玛克斯从远处走近拉维妮娅（这一点在电影中比在舞台上容易做到），只是慢慢地意识到她身上发生的情况。1987 年，在德博拉·沃纳（Deborah Warner）执导的具有里程碑意义的演出中，扮演玛克斯的演员在背这段台词的时候压低了声调，这样一来，它就成了一个脱离时间、掌握事实的感人举动，去承受先前无法想象的恐怖。

这么说是指现代导演们需要帮助观众克服过时了的戏剧成规造成的理解困难。不过，我们也的确看到剧中有许多精彩的诗剧段落，有能力探索该剧艺术语言的演员们能够将它们开发出来。有的艺术语言以极简的方式深沉地道出，所揭示出的痛苦之沉重，近似于莎士比亚最伟大的悲剧人物——例如麦克白和李尔王——的体验。剧评家 J. C. 特里温（J. C. Trewin）写到，劳伦斯·奥立弗最开始将泰特斯塑造成一位头发花白的老将形象，然后，在简简单单的一句"我，便是那片怒海"（第三幕，第一场，224 行）中发现了人物的非凡之处，"便进入一片广阔的天地，将他拔高，大书特书，让整个舞台和剧院充满了英雄气息"；在德博拉·沃纳执导的戏剧演出中，布赖恩·考克斯（Brian Cox）念了一句极为简单的台词"我再也无泪可流"（第三幕，第一场，265 行），接下来便把越来越强烈的痛苦化为苦笑。沃纳凭借娴熟的舞台指导，甚至成功地避免了让剧末的种种恐怖行为引人发笑——但是，我们在此必须承认，她这样做是在帮助剧作家解围，而不是说她意识到莎士比亚的原著当中蕴含着人们未曾想到的戏剧潜能。

第三章

《罗密欧与朱丽叶》

这部广受欢迎的剧作的开场诗首句便是："话说名都维罗纳"；如果今天去维罗纳，你会发现很多证据，证明这座风采依旧的城市很欣赏这句恭维话。在市政当局认定的朱丽叶家宅院里，你能看到所谓她的阳台，你可以触摸她的塑像的裸胸，给她发电子邮件讲述你的爱情生活（有志愿者回复），往墙上贴情书，当然还可以买旅游纪念品。再往外走，你甚至可以到她所谓的墓地凭吊一番。

当莎士比亚在 1595 年左右创作此剧时，这对"苦命鸳鸯"（开场诗语）的故事就已经广为人知了。剧中故事来自一首长诗，作者阿瑟·布鲁克（Arthur Brooke）写完这首诗不久，就在一场沉船事故中英年早逝了。这首诗的发表要比剧本的创作早上三十多年，而这首诗又取材于一部流行已久的小说。[1] 时至今日，它已成为世界上最伟大的爱情故事之一，它还通行于其他戏剧中，风靡于电影、歌剧、芭蕾舞、交响乐以及诸多改写的故事和变体当中；在有些作品中，这对情人变成了一对年老的或同性的恋人。而这个故事最伟大的文学和戏剧化身便是莎士比亚的戏剧。

《泰特斯·安德洛尼克斯》与《罗密欧与朱丽叶》的创作时间只有数年之隔，从二者之间的差别即可看出莎士比亚作为戏剧家和诗人的艺术成长何其迅速，而他的悲剧观又何其开放：这部悲剧吸收了传奇因素和许多喜剧因素。这是一部精心构撰的双重爱情悲剧。正如"苦命鸳鸯"一词暗示的那样，造成主人公悲剧性结局的，是命运或外部势力，而不是他们自身的错误和冲突——其他一些莎剧的悲剧性结局的始作俑者。它属于那种"要是……那该多好"类型的悲剧——要是朱丽叶在罗密欧被放逐期间与他同行，那该多好；要是那封信没有出差错，让罗密欧得知

1　莎士比亚主要取材自阿瑟·布鲁克的英译长篇叙事诗《罗密乌斯与朱丽叶悲情史》（1562），而这首诗又取材自马泰奥·班戴洛（Matteo Bandello）于 1554 年用意大利语写的中篇小说。

朱丽叶服的只是安眠药，那该多好；要是朱丽叶从假死状态早苏醒几分钟，那该多好……

该剧情节编排尤为缜密，它主要依据的是"两家论声望不分乙甲的巨族豪门"世代恶斗的悲剧性结局：一方是罗密欧所属的蒙太古家族，另一方是朱丽叶所属的凯普莱特家族。剧情仅限于五天之内。在开头的几场戏当中，我们看到这两家的仆人在街头恶斗，他们话里话外都是些粗俗、下流的幽默段子，显示出本剧内容涉及性与暴力。维罗纳亲王一出场就平息了这场冲突，他的威信和权势由此展露无遗。班伏里奥大讲罗密欧如何害相思病，引出了浪漫爱情的主题：罗密欧在大清早闷闷不乐地独自闲走，他还深居简出，不见朋友。此时，让他魂牵梦绕的还是罗瑟琳，此女在剧中始终没有出现，也不想与他产生任何瓜葛；罗密欧的爱情是精神之恋，而非肉体之恋。

罗密欧心情好一点之后，便和朋友擅自闯入世仇家族——朱丽叶家——举办的灯火通明的舞会，当时朱丽叶还不到十四岁。他一见到朱丽叶，便对她一片痴情："啊！火把从她学得明亮辉煌！"如今，在精神恋爱之外，他又多了一份性渴望。他们交谈，清白互吻，他从奶妈那里知道她就是朱丽叶，后者吐露了自己对罗密欧的爱恋之情："平生只一爱，却爱上仇家儿郎！"后来，他又看到她凭窗外眺（不是通常所说的在阳台上）：

> 嘘！是什么光穿透那边的窗棂？
>
> 看东边天际，朱丽叶就是旭日初升！
>
> 腾空吧，骄阳！去杀死那妒忌的月轮，
>
> 瞧她病态的面色有愁云笼罩，
>
> 只因你这女弟子比她美貌几分。
>
> （第二幕，第一场，44—48行）

逐渐亏缺的"月轮"是隐喻，指的是对罗密欧的爱情毫无反应（且不在场）的罗瑟琳。罗密欧偷听到朱丽叶对他的爱情表白，便上前去自报家门，他们海誓山盟，诗行热情洋溢，而又不失微妙幽默。"啊！起誓休对月轮，月无恒轮可靠，"朱丽叶如是说，

> 月巡周天，阴晴圆缺，月月知多少；

指月为誓，只怕你情意变，楚暮秦朝。

（第二幕，第一场，152—153 行）

罗密欧顿时不知所措，便回应道："那我以何起誓为好？"

一时间，他们的喜悦心情被蒙上了凶兆阴影：

别，别起誓。我虽对你心有所属，

却不喜私订终身在此宵；

这太鲁莽、轻率，如雷霆电扫，

倏然轰哮，不等人道："雷来了！"

即转眼似云灭烟消。

（第二幕，第一场，158—162 行）

罗密欧找神父讨主意，神父答应为两人证婚，他也确实这样做了。罗密欧去找朋友，结果卷入了一场斗殴。他的朋友、维罗纳亲王的亲戚茂丘西奥被朱丽叶的表兄提伯尔特杀死。茂丘西奥临终之际，将这场斗殴归咎于两个家族的世仇："你们这两个遭瘟的人家！"戏剧的基调开始变得晦暗。罗密欧拔剑参战，失手杀死了提伯尔特。维罗纳亲王再次出面干预，将罗密欧放逐他乡。

朱丽叶对此一无所知，她欢喜若狂地在独白中宣布，她强烈渴望与罗密欧云雨一番，她祈求夜晚教她怎样"用失败换取全胜；/他和我的赌注都用无瑕的童贞"——这两人都没有性经验。奶妈带来消息说，罗密欧将被放逐到附近的曼托瓦；罗密欧到神父那里寻求对策，他心烦意乱，想一死了之；神父鼓励他离开维罗纳之前看一看朱丽叶；朱丽叶的父母准备将她嫁给青年贵族帕里斯；罗密欧与朱丽叶完婚，度过了爱情生活的第一个良宵——后来的事态发展证明，这也是唯一的良宵——两人用文辞华美、缠绵悱恻、诗意盎然，但同时也略带幽默的二重唱来道别：

> **朱丽叶**：天未曙，罗郎，何苦别意匆忙？
> 　　　　鸟音啼，声声亮，惊骇罗郎心房。
> 　　　　休听作破晓云雀歌，只是夜莺唱，
> 　　　　石榴树间，夜夜有它设歌场。
> 　　　　信我，罗郎，端的只是夜莺轻唱。
> **罗密欧**：不，是云雀报晓，不是莺歌，

> 看东方，无情朝阳，暗洒霞光，
>
> 流云万朵，镶嵌银带飘如浪。
>
> 星斗如烛，恰似残灯剩微芒，
>
> 欢乐白昼，悄然驻步雾嶂群岗。
>
> 奈何，我去也则生，留也必亡。
>
> （第三幕，第五场，1—11 行）

到了剧情的最后阶段，朱丽叶违背父命，不肯嫁给帕里斯，惹得父亲大怒。神父制订了一个极为草率的计划，劝她服用安眠药，让她的父母误以为她已中毒身亡，从而将她葬在家族墓地；而他再安排罗密欧从曼托瓦赶回来救她，等到药劲儿过了，朱丽叶醒过来的时候，罗密欧也就到了。但神父给罗密欧的信出了差错，等罗密欧来到墓地，发现帕里斯在那里，便与之决斗，结果杀死了对方。他以为朱丽叶已死，便服毒自尽。神父在朱丽叶醒过来之前发现了罗密欧和帕里斯的尸体，他听见有人来了，于是转身便跑，就在此时，朱丽叶苏醒过来，她发现罗密欧已死，亲吻他之后，便拿起匕首，自杀身亡。

在剧末，维罗纳亲王登场，神父返回，这对恋人的父母也到场，亲王让神父——唯一了解情况的人——作出解释。神父一边说"我要尽量简洁",一边啰里啰唆地总结交代了事情的经过——他这么做是有道理的,因为台上的这些人还不知道此事的经过。最后,亲王向两家父母指出,这对恋人的死是对两家世仇的惩罚,于是双方握手言和,塑金像纪念两位恋人。亲王以道白来结束全剧,他的台词拉开了剧情与观众之间的距离,因为剧中故事渐渐隐退,变成了过去的东西。这几句台词采用的是十四行诗中的六行诗(最后六行)的形式:

今日清晨带来凄清的和解与安详,

悲伤的白日也不愿露脸放出红光。

诸位先回去对这伤惨事细评慢讲,

罪该罚者必严惩,该恕者必原谅。

唉,朱丽叶,罗密欧,惨剧千万,

唯你们这个惨剧最令人黯然神伤。

(第五幕,第三场,304—309 行)

剧本大纲经过了巧妙的设计,吸收了各式各样的戏剧娱乐手段:打架、决斗、舞会、爱情戏、预先准备的精湛演讲、悲悼场景，以及双双殉情的场面。然而，这是一部文学色彩浓厚的剧，篇幅很长，散文体和诗体的台词总共有三千一百行左右。对白使用了多种文学形式。开场诗是一首十四行诗，能够让当时的观众产生浪漫主义文学给人带来的种种联想；这对恋人初次见面时的对话也是如此。剧中其他段落也运用了这种文学形式的多个版本。但它还尤为广泛地吸收了其他文体，有散文体，也有诗体，在某种程度上让人物性格变得更加丰满。

仆人的对白用的是粗俗而有力的散文体，充斥了下流的文字游戏，而恋人的对话用的是浪漫的，虽说经常是幽默精巧的抒情风格，但二者形成了绝妙的对位关系。奶妈在回忆朱丽叶童年时代的时候，说起话来东拉西扯，尽管如此，她的那番话还是没有超出张弛有度的诗体结构，作者想给观众制造一种"这人说起话来嘴巴没有把门"的印象：

管它两周多一点还是少一点，反正一年三百六十五天，一到收获节的晚上，她就满十四岁了。苏珊跟她同年——上帝让一切基督徒的灵魂安息吧！唉！苏珊是到了上帝那儿

啦，她太好了，我不配有她这孩子啊。我可是说过啦，一到
收获节晚上，她就满十四岁啦；真的，是十四，我记得可清
楚啦。打闹地震那一年算起，到现在该是十一年啦；那时候
她刚断奶——我一辈子忘不了——一年三百六十五天，不早
不迟，刚巧就在那一天；那时我用苦艾叶涂了奶头，靠着鸽
棚墙壁坐着晒太阳。

（第一幕，第三场，18—29行）

　　罗密欧的亲密好友茂丘里奥——在现代演出中，他们
之间的关系有时候被阐释成同性爱欲关系——话风中带有
一种诙谐但淫荡的狂想，尤其是他关于"麦布女王"的那
一大段台词（《罗密欧与朱丽叶》，第一幕，第四场，55—
94行），让人联想到《仲夏夜之梦》中奥布朗和提泰妮娅
的精致的诗篇（此剧就写在《罗密欧与朱丽叶》的前后）；
另一方面，劳伦斯神父的素体诗很讲究分寸，有一定的典
型性。

　　有人曾经指责说，《罗密欧与朱丽叶》的书卷气过
于浓厚：19世纪的演员-经理亨利·欧文爵士（Sir Henry
Irving）——无可否认的剧本大杀手——称其为"戏剧诗

而非戏剧",这种观点反映在舞台对它的处理中,甚至更多地反映在电影对它的处理中。剧中人物对白中包含的许多错综复杂的文字游戏,很像莎士比亚在这一时期的喜剧——例如《爱的徒劳》和《错误的喜剧》——中使用的那些文字游戏,有的时候,现代读者和观众很难看懂。当朱丽叶的父母和奶妈看到她的"尸体"的时候(图2),剧本中试验着使用了内容明显重叠的对白(《罗密欧与朱丽叶》,第四幕,第四场,50—91行),显得有些古怪。受雇来演奏的乐师,在婚礼半途而废、宾朋四散之际,竟然说唱起流行曲调,效果亦庄亦谐,让人感触颇深。(这个桥段在现代演出中常被省略,从而减少了这部原创性极高的戏剧中的丰富实验性。)

所有这些因素带来的后果是,在过去的几百年中,虽说该剧内容丰富多彩,但它在演出过程中经常被压缩,甚至被改编。这部剧的结尾几场被证明尤其成问题。17世纪的戏剧家托马斯·奥特韦(Thomas Otway)改编了《罗密欧与朱丽叶》中两人殉情的那场戏,将其收入一部名为《卡厄斯·玛琉斯》(1780)的新剧中。奥特韦显然认为,莎士比亚错失机会,未能让这对恋人在戏剧行将结束之际

图 2. 奶妈试图唤醒服药后沉睡的朱丽叶（《罗密欧与朱丽叶》，第四幕，第四场，28 行）。约翰·马西·赖特（John Massey Wright，1777—1866）绘，水彩画

交谈一阵，于是，他安排女主人公在男主人公断气之前苏醒过来，让两人来了一场感人至深的对话。

这场戏又被 18 世纪的伟大演员大卫·加里克（David Garrick）改编；加里克的剧更接近莎士比亚的原作。在这部剧中，这对恋人进行了狗血的最后一次谈话，风格与剧中其余部分格格不入，在现代读者看来非常可笑。"哎呀妈呀！可冻死我了！"朱丽叶醒来时说；后来她又说："我醒过来就是为了挨冻？"不过，这种改编也有一个好处，它为扮演罗密欧的演员提供了一个更加扣人心弦的表演死亡的场面，在一个多世纪里受到了热烈的欢迎。萧伯纳（Bernard Shaw）在 1894 年描述了他初次观看此剧时的体验："在剧中，罗密欧服毒之后并没有立即死去，此时朱丽叶暂时打断了他的死亡过程。朱丽叶坐起身，让他把自己带到舞台上的脚灯底下，她在那里埋怨天气太冷，不得不依靠爱情戏的温暖，在这中间，全然忘却自己已经服了毒的罗密欧，由于毒性发作而死掉了。"没有哪位现代导演会把加里克的对白吸收到自己的剧本中，但是，许多演出和影片却通过压缩对白，通过让朱丽叶在罗密欧死亡的同时显露出生命的迹象，来突出这一情境造成的可怕的反讽效果。

虽说开场诗的结尾说"此剧耗时两个小时"，但即便在莎士比亚时代——戏剧演出相对简陋——也不可能在两小时内演完。在现代演出中，剧本经常被删掉六七百行，这样势必会压缩情节内容。

这部剧浓厚的书卷气似乎表明它更适合阅读而非表演，某些段落，首先是著名的"阳台"那场戏，非常理想化地表现了初恋的喜悦之情，可以单独拿出来放在文选当中，供广大读者品味欣赏。不过，该剧使用的许多文学成规和技巧——含糊词和双关语、典故、精心设计的语言误解，如当奶妈带来提伯尔特死亡的消息时，朱丽叶还以为她说的是罗密欧（《罗密欧与朱丽叶》，第三幕，第二场，36—68行），以及奶妈和朱丽叶母亲对着朱丽叶的假死尸体哀号场面中的重复对白（第四幕，第四场，50—91行）——无论以什么标准去衡量，这一场景都太不寻常了——对于外行的现代读者来说，这一切都是陌生的。所有这一切都意味着，与大部分剧作相比，欣赏这部剧，最好还是观看它的舞台版或某一部具有丰富吸引力的电影版。这几部电影包括视觉华丽但情节大大缩减的1968年版，由佛朗哥·泽菲雷利（Franco Zeffirelli）执导，以及内容大胆更新、诙谐幽默的《罗密欧与朱丽叶》，这是巴兹·卢尔曼（Baz Luhrmann）在1996年执导的影片，莱昂纳多·迪卡普里奥（Leonardo DiCaprio）和克莱尔·丹妮丝（Claire Danes）扮演男女主角。

电影导演必然要对原作进行改编和压缩，剧场导演也会如法炮制，只不过幅度要小一些而已。但是，经过他们的精心构思，原作会更容易得到现代观众的欣赏和接受。

自从莎士比亚时代以来，演出方面最大的变化当然是开始用女演员扮演剧中女性了。由于先前扮演罗密欧和朱丽叶的都是男孩子，莎士比亚无法用写实的手法再现两人做爱的场面，因此，在他们新婚之夜，我们只能看到这对恋人即将离别的场面；而在现代演出中，这场戏经常设在卧室中，利用程度不一的裸露场面，暗示两人分别前有过云雨之欢。

莎士比亚在剧中使用了形式多样、内容丰富的散文体和诗体，为那些能够化剧本潜能为现实的演员们提供了精彩发挥的机会。尤其是茂丘西奥这个角色，在他死亡的那场戏中，吸收了近乎悲剧因素的复杂喜剧因素；与之相对应的人物——朱丽叶的奶妈——在一系列经典演出中，是由伊迪丝·埃文斯女爵（Dame Edith Evans）出演的，有位剧评家称她"像马铃薯一样土，像拉车大马一样迟钝，像獾子一样狡猾"，她已成为莎士比亚演出剧目中伟大的女性角色之一。人们常说，没有哪位女演员有望看起来足够年轻，可以扮演朱丽叶——剧中一再说她不足十四岁——同时又掌握了足够的技巧，充分表现她的台词的内涵，而罗密欧这个人物，不像莎士比亚的其他伟大悲剧角色那样，能够为阐释者留下广阔的空间。虽说如此，《罗密欧与朱丽叶》这部剧既是一部独特的戏剧与文学杰作，同时也是一把标尺，可用来衡量莎士比亚操控悲剧概念的手法是如何丰富多样。

第四章

《尤力乌斯·凯撒》

莎士比亚时代的很多悲剧，无论是写在他出道之前，还是在这之后，表现的都是历史人物的失势以及他们惊天动地的死亡。尤力乌斯·凯撒（Julius Caesar）或许是过去最伟大的统治者，也是一位重要的历史学家。写这个人物遇刺的戏，就是用戏剧的形式去表现世界史上最有名的事件之一。莎士比亚在创作过程中，主要取材于希腊－罗马史学家普卢塔克（Plutarch）（可读性极强的）杰作《希腊罗马名人传》中的凯撒传。他读的是托马斯·诺思爵士（Sir Thomas North）在 1579 年出版，献给伊丽莎白女王的英译本（从法文转译），这部名人传也为他的另外几部罗马历史题材的戏剧提供了大量素材。但是，与以往一样，他觉得自己可以改编史实，以达到戏剧创作的目的。例如，他把发生在大约六周之内、不同地方的多个事件，压缩成广场这场戏（第三幕，第二场）中的一个情节。

在这个过程中，他研究了政治权力的使用和滥用、造反的道德性，甚至还有暗杀的道德性。该剧于 1599 年在环球剧院首演时，这样的内容很容易关联到当时国内的政局。当时，伊丽莎白一世女王年事已高，她漫长的统治时期将不可避免地结束。在之后的各个时代，尤其是出现政治危机，以及涉及国家或个人的多种境遇时，人们都会到这部剧中寻找答案，决定自己该何去何从。这一点使得它易于被改编演出：更新剧情或改变地点，如此一来，它就被赋予了时政性和地方性。1937 年，奥森·韦尔斯（Orson Welles）在纽约墨丘利剧院的演出中，就把它改编成了一出反法西斯宣传剧。在这部剧中，诗人钦纳不是死在了罗马百姓手中，而是死在了秘密警察手中；2012 年，格雷戈里·多兰（Gregory Doran）执导的版本在埃文河畔斯特拉特福上演，全场没有幕间休息，演员用的都是黑人，故事背景变成了中非的一个专制政权。

该剧首次付梓是在第一对开本中，名字叫做《尤力乌斯·凯撒的悲剧》。凯撒在剧中只是小角色，剧情刚进行到一半，他就死了；不过，即便在死后，他也是主宰力量，他的鬼魂还短暂地出现在本剧的后半部分。马克·安东尼和密谋反对凯撒的卡修斯在剧中出现时间较长，这就为演员们的精湛演出提供了更多的空间，这一点尤其体现在下面这段戏中：马克·安东尼发表了辞藻华丽、以"朋友们，罗马人，同胞们"这句话为开头的演说，改变了百姓的立场（第三幕，第二场，74—106 行）；但主要的悲剧人物应该是布鲁图，他的自杀是本剧的高潮，令人想到马克·安东尼对他的颂扬："这是他们当中最高贵的罗马人。"

剧中仅有两位女性人物：卡尔普尼娅和波提娅，她们也都是小角色。按照剧本的构思，女演员几乎没有任何出彩的机会，但 2012 年的一场演出却找回了性别失衡：这部新剧完全由女演员演出，导演是菲莉达·劳埃德（Phyllida Lloyd），故事背景设在了一所女子监狱，演出地点是伦敦的多玛仓库剧院，由哈丽雅特·沃尔特（Harriet Walter）饰演布鲁图。在莎士比亚时代，这部剧由男演员出演，且演员数量相对有限，但是，近些年来，无论是舞台剧版还是电影版，都利用各种机会去表现壮观的群演场面。

迄今为止，此剧的最佳电影版还是在 1953 年拍摄的版本。这部片子由约瑟夫·L. 曼凯维奇（Joseph L.

Mankiewicz）执导，几乎照搬原作。演员班底实力强大：马龙·白兰度（Marlon Brando）扮演马克·安东尼，詹姆斯·梅森（James Mason）扮演布鲁图，约翰·吉尔古德（John Gielgud）扮演凯撒——此人曾经在舞台剧中成功地扮演了这一角色。与其他电影版一样，这部片子也保留了历史场景，有一千二百名身穿托加长袍的群众演员协助拍摄，同时用剧中人物影射墨索里尼和希特勒。

莎士比亚在创作戏剧的时候，早已多次提到作为帝王兼历史学家的凯撒：

尤力乌斯·凯撒是一个历史名人。

其武功令其文采熠熠生辉，

其文采又使其武功千古不朽。

死亡并未征服这位征服者，[1]

《理查三世》中的爱德华王子如是说（第三幕，第一场，84—87 行）。在《爱的徒劳》中，唐·阿德里安

1　本书所引《理查三世》译文，均出自孟凡君译《理查三世》，外语教学与研究出版社，2016 年。

诺·德·亚马多在信中引用了凯撒最著名的名言，"*Veni*，*vidi*，*vici*"[1]，意为"我来，我见，我征服"（第四幕，第一场，67 行），后来其他的两部剧也引用过这句名言。在《约克公爵理查》(《亨利六世》[下]) 中，玛格丽特王后说太子死于爱德华四世、理查和克拉伦斯之手：

如果跟这桩暴行对比一下，

当年他们刺杀凯撒根本就算不上流血，

根本就构不成犯罪，根本就不该受到责备。[2]

（第五幕，第五场，52—54 行）

凯撒遭密谋者们刺杀溅出的鲜血，在与之相关的莎剧中占有突出的地位。

和《罗密欧与朱丽叶》的开场诗后一样，《尤力乌斯·凯撒》从故事中间开始，一上来就是大吵大闹，保民官——来源于平民，由平民选举产生，保护平民的利益，

1　凯撒这句名言的拉丁语原文既押头韵，也押尾韵，音节简单，字句铿锵，气势不凡，朗朗上口，翻译成英文和中文后，意趣全无。
2　本书所引《亨利六世》(下) 译文，均出自覃学岚译《亨利六世》(下)，外语教学与研究出版社，2016 年。

类似于工会官员——穆勒鲁斯和弗拉维尤斯痛斥一些百姓不好好上班干活，而"去看凯撒，欢庆他凯旋"[1]。保民官声色俱厉地质问这些手艺人，说他们忘记了庞培，未免忘恩负义。庞培是伟大的武士、能征惯战的宿将和政治家。他曾娶凯撒第一任妻子所生女儿为妻，但已被凯撒击败，后来死于战场。他们命令这些人扯掉通往卡皮托利诺山沿途凯撒雕像上的战利品。最重要的是，他们还忧心忡忡地表示，除非剪断凯撒的羽翼，否则他就会成为拥有无上权力的暴君：

拔掉凯撒翅膀上这些渐丰的羽毛

会使他飞行在平常的高度；

否则他会翱翔在人们的眼界之上，

让我们都处于受奴役的恐惧之中。

（第一幕，第一场，72—75行）

凯撒的权力已经受到了威胁，在他出场的下一场戏

---

1 本书所引《尤力乌斯·凯撒》译文，均出自傅浩译《尤力乌斯·凯撒》，外语教学与研究出版社，2016年。个别地方有所改动。

中——这是他在剧中首次亮相，这一点表现得愈加明显。他正在主持公共赛事以庆祝牧神节。他让自己的心腹马克·安东尼"剥掉衣服，准备赛跑"——也就是说依照风俗，准备裸体跑步（历史上如此，虽说演出中不会这样做），安东尼在奔跑时要碰一下凯撒的妻子卡尔普尼娅；当时有一种迷信认为，这会治好她的不孕症，让她怀上孩子。凯撒的弱点在此已经有所暗示，当人群中传来预言者的声音时，它进一步被强化。预言者警告凯撒，让他"当心三月十五日"——换句话说，他有可能在那一天大难临头。凯撒一行起身前去看比赛，两位重要的政治家布鲁图和卡修斯却留了下来。

两人开始转弯抹角地交谈，布鲁图吐露说，他有些想法，很是困惑，但他又不愿意说出来，卡修斯鼓励他放下心理负担。这时舞台后面传来了欢呼声，表明人们正拥立凯撒为国王。卡修斯发表了一通长长的演说，嘲讽凯撒的弱点，他宣称：

　　　　……这个人

现在成了神，而卡修斯不过是个

可怜虫，哪怕凯撒只是不经意地

冲他点个头，他就得低头哈腰。

（第一幕，第二场，117—120行）

又一阵欢呼声传来，说明"凯撒又得了什么新的献礼"，卡修斯又发表了一通长长的态度激烈的演说攻击凯撒，一开始就是：

嗨，伙计，他就像巨大的神像

横跨这窄小的世界，我们小人物

在他的巨腿下走动，四处张望，

为我们自己寻找不光彩的坟墓。

（第一幕，第二场，136—139行）

他要求布鲁图与自己合作，将命运掌握在自己手中，推翻凯撒的统治。

卡修斯为了说服相对单纯的布鲁图，采用了马基雅维利式的策略，类似于后来的悲剧《奥瑟罗》中伊阿戈对付奥瑟罗的办法。此时，布鲁图尚存谨慎之心，他承认自己认同卡修斯刚才说的这番话，但不肯义无反顾地加入反凯撒大业。

> 刚才你说过的话
> 我会认真考虑；你还有要说的
> 我会耐心倾听，会找个对咱俩
> 都合适的时间，商谈这种大事。

（第一幕，第二场，168—171 行）

凯撒怒气冲冲地带着扈从归来，对卡修斯起了疑心：

> 那边的卡修斯形体消瘦，面有饥色，
> 他心思用得太多了；这种人很危险。

（第一幕，第二场，195—196 行）

他的疑心是很敏锐的；但是，莎士比亚利用一段微妙的人物刻画显示出凯撒的个人缺点，他对自己的盟友马克·安东尼说：

到我右边来，我这只耳朵聋了，

告诉我你对他的真实看法。

（第一幕，第二场，214—215 行）

开篇的这几个片段交代的情况是：安东尼明显站在凯撒这一边，卡修斯反对凯撒，而布鲁图游移不定。在描写这些片段的过程中，莎士比亚充分利用了自己接受的古典教育，运用了修辞学以及演讲术方面的技巧；在写于此剧不久之前的《亨利五世》中，他就用过这些技巧描写战争场景，取得了显著的成功，只不过那是出于不同的目的。罗马手艺人说话用的是散文体，而迄今为止贵族们用的是雄辩有力的诗体，正如卡修斯劝布鲁图反对凯撒所说的那番话。

凯撒写过自己征战杀伐的经历，那就是他的《高卢战记》。这本书是用第三人称写的，莎士比亚在剧中凯撒的一些演讲中采用了这种叙述方法，给人一种超然庄重，甚至有些夸大其词的印象：

如果凯撒今天因害怕而待在家，

那他就该是一头没心脏的畜生。

不，凯撒决不。

（第二幕，第二场，42—44行）

当莎士比亚再现密谋者的个人声音的时候，他游刃有余地变换着对话基调和风格。卡修斯费了九牛二虎之力才说服布鲁图，最终，布鲁图不仅被卡修斯的花言巧语所欺骗，还振振有词地说服自己去接受一套思想框架，指导自己去做明明知道是错误的事情：

必须让他死才行；对我来说，

我不觉得踢开他有什么个人原因，

全是为公众。他也许会戴上王冠：

问题在于，这会使他本性有多大改变。

（第二幕，第一场，10—13行）

换句话说，凯撒将会因为他尚未犯下的罪过而被杀死。到了该动手的时候，布鲁图本人再次使用雄辩言辞欺骗自我，企图用崇高的言语去掩饰卑鄙的行为：

咱们做献祭者，不要做屠夫，卡尤斯。

我们都站起来反对凯撒的精神，

而在人的精神里是没有血液的；

啊，但愿我们能获得凯撒的精神，

而不必肢解凯撒！但是，呜呼，

凯撒必须为之流血！高贵的朋友们，

让我们勇敢地，而不是愤怒地杀死他；

让我们把他切成献给诸神的佳肴，

而不是把他剁成喂狗的残骸；

（第二幕，第一场，166—174行）

诸神的佳肴也好，喂狗的残骸也好，对凯撒来说，结果都是一样的。

布鲁图缺乏自知之明，这一点更加明显地体现在凯撒遇刺之后，他极力美化自己的行为：

弯下腰，罗马人，弯下腰，

让我们用凯撒的鲜血浸洗双手，

直到臂肘，并涂抹我们的剑；

然后我们走出去，直到市场，

在头顶上挥舞我们染红的武器，

全体高呼"和平、自由、解放！"

（第三幕，第一场，106—111行）

当密谋者们奉命时，莎士比亚打破了过去的历史造成的时间障碍，发掘出他们所作所为的象征意义：

卡修斯：此后多少年间，

我们这崇高的一幕将在尚未诞生的国家，

以尚不可知的语言一遍遍重复搬演！

布鲁图：凯撒将多少次演出流血惨剧！

他现在躺倒在庞培雕像的底座旁，

低贱得与尘土无异。

卡修斯：往往如此，

我们这帮人也往往会被称为

给自己的祖国带来解放的人。

（第三幕，第一场，112—119行）

这个反讽强劲有力，同时又让人一望可知。

雄辩有力的修辞在广场演说这一幕展现得淋漓尽致：先是布鲁图，后是安东尼，在凯撒尸体旁向罗马百姓发表演说。布鲁图使用的是简洁明白、颇为动人的散文体，观众听得热血沸腾，高呼："活下去，布鲁图，活下去，活下去！——把他欢送回家——给他塑一尊像，与他的先人并列。"但他有两个严重失算的地方，在这两个地方，他都没有听更为精明的卡修斯的劝告：首先，他反对在杀死凯撒的同时也处死安东尼；其次，他允许安东尼向群众发表演说。结果，安东尼的那篇以"朋友们，罗马人，同胞们，请听我说……"为开头的精彩演说雄辩有力，远在他的演讲之上。

安东尼鼓动起民众为凯撒复仇的疯狂欲望之后，撩起了披风，暴露出凯撒的尸体，他不仅用行动，还用语言去说服民众，说出令人胆寒的话，煽动他们去"点燃叛贼们的房子"：

让他们去闹吧。灾祸，你抬脚走路了，
那就随心所欲地去走吧！

（第三幕，第二场，253—254行）

莎士比亚以戏剧的形式将相对粗糙的历史记载出色地打造成戏剧情节，就在第一波精彩的情节推进之后，诗人钦纳被无情地杀死，戏剧迎来了高潮。钦纳是无辜的象征，他的职业让他利用言语去寻找真相，而不是像密谋者那样去掩盖真相。

如果你现在观看的是舞台剧演出，那么，此时就会出现幕间休息，虽说有些导演会遵循伊丽莎白时代的惯例，完全省掉幕间休息，径直演下一场戏。在下面的这场戏中，马克·安东尼与另外两个我们还没有见过的人物——屋大维·凯撒和雷必达——组成了三巨头联盟，冷静地策划征讨卡修斯和布鲁图的计划。卡修斯与布鲁图接下来的争吵写得非常出彩，让该剧最早的观众十分心仪，其中有位观众名字叫做伦纳德·迪格斯（Leonard Digges），他在1623 年出版的第一对开本中留下这么几句话：

我看到，当凯撒将要出现的时候，

在舞台上激烈争辩的是

布鲁图与卡修斯；观众们

如醉如痴，沉迷于他们的对话中，

将来有一天，他们丝毫不能容忍

虽说刻意求工，但沉闷单调的《喀提林阴谋》（本·琼森的一部悲剧）。

这场戏直到现在依旧受到欢迎，尤其是因为它为扮演卡修斯和布鲁图的演员们提供了很多机会，总的来说，这部剧后半部分的演出效果要好于阅读效果。莎士比亚还精心设计了一个桥段，让凯撒的鬼魂短暂地出现在布鲁图面前，以显示凯撒的精神依旧在发挥作用（图3），他告诉布鲁图："你在菲利皮会见到我。"最后几场戏描写了凯撒死后在战场上向杀死他的人们复仇，在战事紧张之际，卡修斯误以为大势已去，就让仆人品达如斯杀死了自己，布鲁图扑到自己的剑尖上，自杀而死，死前宣称：

凯撒，现在安息吧，

我杀你时还没有这一半的决绝。

（第五幕，第五场，50—51行）

安东尼和屋大维获胜，但是，当安东尼在布鲁图的尸

图 3. 凯撒的鬼魂出现在布鲁图的帐篷中（《尤力乌斯·凯撒》，第四幕，第二场）。威廉·布莱克（William Blake）绘，水彩钢笔画，1806 年

体旁边颂扬他的时候，全剧却低调地戛然而止：

> 这是他们当中最高贵的罗马人：
> 唯有他除外，所有谋逆者的作为
> 都是出于对伟大凯撒的嫉恨；
> 只有他，思想高尚，出于对公众
> 福祉的关心，才加入他们一伙。
> 他一生高洁，各种气质在体内
> 平衡交融，连造化女神都会
> 站起来向全世界宣告："这真是人杰！"
>
> （第五幕，第五场，67—74行）

他说的都是布鲁图的好话，这令人想起布鲁图的话：

> 我不觉得踢开他有什么个人原因，
> 全是为公众。
>
> （第二幕，第一场，11—12行）

但当我们想到，布鲁图费了好大力气才说服自己参与谋逆大计时，我们可能会感觉到，我们比安东尼更了解他。

第五章

《哈姆莱特》

对于任何人来说，《哈姆莱特》都是很难回避的。"死，还是生？这才是问题根本"，是全世界引用率最高的一句话，无论引用的是英语原文还是其他语言的译文。长相英俊、身体雄健的青年凝视着骷髅头上空荡荡的眼眶——他们是哈姆莱特与约利克，在世的王子与去世的小丑——这幅形象是被不断复制的人生的象征（图4）。"丹麦有些事情好像不太妙"，这句话常被用来形容与本剧迥然不同的状况。此外，它的基本剧情被后人不断地改编、重塑和重构，出现在形色各异的媒体中——电影、电视、歌剧、芭蕾舞剧、视觉艺术作品、滑稽模仿之作、滑稽讽刺之作、漫画书，等等——结果，即便是从未读过剧本也从未看过演出的人，即便是不可能去读也不可能去看的人，也知道它的存在。

图 4. 手执约利克骷髅的哈姆莱特。位于埃文河畔斯特拉特福班克罗夫特
　　 区的高尔纪念馆

　　《哈姆莱特》究竟是怎样的一部剧？比起其他剧作，例如《尤力乌斯·凯撒》和《麦克白》——这两部剧我们只见过一种版本，《哈姆莱特》的语言莫名其妙地变来变去。1603 年出版的第一个版本——被称为"断烂四开本"——只有 2200 行左右，很可能是原剧的讹误版（哈姆莱特说的是"To be or not to be—ay, there's the point"）；第二个版本出版于 1604 年，大约 3800 行，而 1623 年印行的第一对开本比它少了 230 行左右，并且缺少哈姆莱特最后的独白，但它新加了大约 70 行，而且很多地方的字词都不相同。诸位读到的现代版本，可能是根据这三个早期版本整理的汇校本，包含了在实际演出中几乎总是被删除的段落。

　　该剧的文本变动大体上可以反映出戏剧艺术的灵活性。比起绘画或雕塑等其他形式，戏剧更具易变性，而《哈姆莱特》更甚，因此，比起大多数戏剧，它的阐释空间也就更为广阔。该剧的每一次演出都不同于以往。这种不同不仅体现在演员们的体型、年龄和个性各不相同，道具和服装设计各不相同，在剧本转变为演出的过程中也要作出种种调整——这都是演出中常有之事，而且，还体现在情节和对话也有所不同。

例如，它多次被拍成电影，每次从原作中选择的素材都有所不同。佛朗哥·泽菲雷利在 1990 年拍的片子对原作进行了缩写，由梅尔·吉布森（Mel Gibson）扮演王子，片长两小时十五分钟，既添加了桥段，又重新分配了台词；而肯尼思·布拉纳（Kenneth Branagh）在 1996 年拍的片子完整版长达四小时二十分钟。（此片也出了缩略版，说明制片方担心有些观众没有耐心看完全片。）虽说每部片子都保留了原作的基本核心情节：哈姆莱特为父报仇，然而，每部片子的叙事内容必然或多或少有细微差别。有些片子整场整场地删掉原作中的内容，甚至删掉了原作的主线，例如与福丁布拉斯有关的故事以及丹麦遭敌国入侵一事，结果，哈姆莱特一死，全剧便戛然而止。这也是全剧以及主角为何会产生多种阐释的原因。不过，如果我们去看比较合理地忠实于原著的版本的话，还是会看到有些东西并没有发生变化。

这部剧中人们最熟悉的形象就是本章插图中的形象：一个活人静观一个骷髅头。这并非偶然。如果说此剧有一个首要主题的话，那就是人们如何对待死亡。全剧伊始，在扣人心弦的第一场戏中，我们看到了"先王"的幽灵。哈姆莱特的父亲在半夜时分令人毛骨悚然地出现在丹麦一座城堡的城垛上，面对一群人，包括哈姆莱特的朋友霍拉修，他一言不发，众人也不知道他到底想干什么。他们离开后把这一幕告诉了哈姆莱特，他们相信"这个幽灵虽对我们噤口，却必有话对王子倾诉"。

接下来便是宫廷朝会，场景与前面形成了鲜明对比。哈姆莱特首次出场，身穿扎眼的黑色丧服，站在一边，一言不发。而先王之弟、现任国主克劳迪斯大谈自己与寡嫂葛特露德的婚姻，遣使应对挪威王子福丁布拉斯兴兵入寇，又恩准御前大臣波洛纽斯之子雷欧提斯离开丹麦，却继续把沉默的哈姆莱特晾在一边。

直到最后，克劳迪斯和葛特露德才把注意力转向王子，一个劲儿地指责他为何还在为父亲的去世感到悲伤，也不允许他返回威登堡继续念大学。

当哈姆莱特幽居独处的时候，他发出了首篇内心独白——这个角色就是以内心独白而著名的——思考自杀问题：

啊，唯愿这太过坚实之躯会融化、

分解、消散，终成一滴清露！

唯愿永生之上帝未曾制定律法：

禁止人类自屠！

（第一幕，第二场，129—132 行）

遇到亡父的幽灵后，他的心情益发悲痛，亡父给哈姆莱特的任务是："为他的惨遭谋杀报仇雪恨。"他发誓为父报仇，但这项任务之艰巨让他近乎疯狂。他的女朋友对自己的父亲波洛纽斯说，哈姆莱特来见她的时候：

吐出一声哀叹，凄楚而又深长，

仿佛他整个的身躯都已粉碎，

仿佛其生命已消亡；

（第二幕，第一场，95—97 行）

他的精神状态不仅让宫廷困惑，就连他自己也百思不得其解：

我近来——不知是什么缘故——失掉了一切快乐，行事习惯一反往常；我的心绪真是抑郁不堪，于是这形态美好的大地在我眼中也似乎只是一片荒凉的海岬；

（第二幕，第二场，297—301行）

这番话是他对罗森格兰兹和吉尔登斯吞说的，这两个人是奉国王和王后之命来监视他的。

就在这个当口，一个跑江湖的戏班子来到埃尔西诺，哈姆莱特为了核实幽灵指控的真假，便让他们在宫廷演戏的时候，插上一段新戏来让克劳迪斯认罪。班主活灵活现地演出了剧中的惨状，哈姆莱特发表独白，大骂自己："啊，我真是个混蛋、愚蠢的贱民"，责怪自己未能直抒胸臆，进一步表达自己的悲痛之情，采取复仇行动。但他不可能既听幽灵的话，又忠实于自己的内心。如果杀了国王，他自己也无法身免。尽管他认为死亡是对痛苦的解脱，深受死亡的吸引，但他又恐惧死亡这片"未经发现的国土"。这一点可见于他在"死，还是生……"这段独白中的核心思考。在这段独白中，他对死亡的观念提出了疑问，幽灵以及他对幽灵的全部疑虑就是其象征。

不久之后，一直装疯的哈姆莱特大开杀戒。他杀死波洛纽斯的举动不是故意的，而是一场意外，几乎可以说是出于偶然，这是因为他过度厌恶母亲再婚，极想让她悔悟自省而不能自持，在母亲房内刺死了躲在帷幕后的波洛纽斯。经过莎士比亚的巧妙设计，他的态度和波洛纽斯的子女的态度形成了鲜明对比。波洛纽斯的女儿奥菲利娅真的发疯了，最后死掉了，她的死无异于自杀。他的儿子雷欧提斯爆发出复仇的怒火，这种情绪是哈姆莱特希望自己也应该有的（虽说这个类比并不全面，因为哈姆莱特并没有像雷欧提斯那样，立刻并且直接知道杀父仇人是谁，最初，他甚至不知道自己的父亲死于谋杀）。

在哈姆莱特长时间没有出现在舞台上的那段时期——剧本里称他去了英格兰——死亡及其后果依旧支配着故事情节：有消息说，奥菲利娅貌似自杀身亡，另外，国王与雷欧提斯合谋要杀死哈姆莱特。哈姆莱特归来后，来到了坟地，坟地这场戏（第五幕，第一场）融汇了剧中最轻松的喜剧因素与最深刻的反思段落。

这场戏的构思很精巧。我们刚刚听葛特露德说奥菲利娅溺亡，所以，当我们听到和看到两个工人一边开玩笑，一边议论人死之后的肉身状况，我们就知道要掩埋的人是谁。死亡是伟大的平等主义者；只有造墓匠建的房子坚固得可以一直住到世界末日。哈姆莱特与霍拉修登场，他们最初是从"远处"上场的，哈姆莱特根本不知道奥菲利娅的死讯，他以挖苦的方式评论造墓匠的工作性质与工作方式之间的差别。"这家伙掘坟坑时都还在高歌，难道对他干的这种活儿居然没什么感觉吗？"

在这一场的第二个画面中，造墓匠抛起骷髅，骷髅是死亡的传统标志，这让哈姆莱特以讽刺的口吻评论起人类的虚荣心。当掘墓人说，他既不是为某男士也不是为某女士掘坟，"要埋的人从前倒曾经是个女士，可愿她的灵魂安息，她已经死了"，哈姆莱特不知道的那个谜底向他靠近了一小步。掘墓人谈到哈姆莱特（哈姆莱特本人正在偷听），说他"就是那个疯子，给人送到英国啦"，他到了那儿，英国人根本看不出他是疯子，因为"英国人都跟他一样疯"。

当掘墓人认出其中一具骷髅是约利克的时候，我们看到哈姆莱特摆出了前面插图中的那种姿态。他总结出的寓意是，即便是伟人也会沦落到这个地步。莎士比亚说起权倾一时的尤力乌斯·凯撒：

> 巍巍凯撒，死化泥绒，
>
> 挡风塞洞，聊堵窟窿。

（第五幕，第一场，208—209行）

不久，送葬队伍出现了。我们知道要下葬的是奥菲利娅的尸体，但迄今为止，哈姆莱特对此还一无所知；先是牧师说，这是一具自杀者的尸体，然后雷欧提斯说这是他妹妹的尸体，他诅咒藏在一边的哈姆莱特，接着悲情大发，跳入墓穴，气氛变得紧张起来。他毫无节制地抒发自己的情感；哈姆莱特希望自己在听到父亲的死讯时，也能够做到这一点。

现在哈姆莱特自己也摆出了夸张的姿态，跳入墓穴中，终于直抒胸臆，同时证实了自己的爱情、个人身份和王者地位：

> 是何人大悲如泻
>
> 如此凄切？伤惨的言辞，

使天宇游星愕然昏厥，

驻步不前，如闻魔咒奇绝？

我，丹麦人哈姆莱特，来也！

（第五幕，第一场，250—254行）

这场戏一开始表现的是掘墓人对死亡持有的实事求是的态度，到了后来，它深切地表现了一条生命的价值以及死亡可能带来的痛苦。在这之后，哈姆莱特能够告诉霍拉修，他觉得自己有充分的理由去干掉克劳迪斯，而且，他的确有这样做的道德义务：

——我现在是否应当

凭天良，手起刀落报了这个仇？

倘任由这人性的毒疮继续生长，

我岂非犯了天谴罪状？

（第五幕，第二场，68—71行）

这几句台词明显表达了哈姆莱特的——即便不是莎士比亚本人的——伦理信念：杀人洗冤。哈姆莱特自认为是丹麦的外科大夫。他心里很清楚，自己很可能死于他与雷欧提斯的决斗中，他带着一种显而易见的斯多葛式态度坦然面对这一切：

一只麻雀的死都是命中注定的。注定是现在，就不会是未来；注定不是未来，就一定是现在；虽然现在未发生，以后终究会发生。顺其自然吧。

（第五幕，第二场，165—168 行）

最后，他得知雷欧提斯用于击伤他的那把剑被国王下令涂上了致命的毒药[1]，这样一来，他就可以毫不顾忌地杀死国王了。这不但为父亲报了仇，也为母亲报了仇，也是为自己的死报仇雪恨。他死得很有风度，咽气之前，还表现出一丝幽默。他把死亡比作警察："无常拘我太急"，"不

---

[1] 原文为：He has been fatally wounded by Laertes' sword which was poisoned by the King's command。事实上，是雷欧提斯本人准备往剑上涂药的，他在面奏国王时说道："为达目的，我还要将毒药涂上剑刃。"（第四幕，第六场，122 行）雷欧提斯对哈姆莱特说国王往酒中下毒，但他并没有说国王下令往剑尖上涂毒——"雷欧提斯：……哈姆莱特，你命已休，世上没有一种药物可以将你挽救，你最多只能延缓残生半个钟头。杀人的工具现在就握在你手，剑刃利，毒横流。奸计太丑，反把我断送；瞧！我已倒在尘埃，再不会站立行走。你母亲也已中毒。我说不下去了，国王——是罪魁祸首。"（第五幕，第二场，258—265 行）

容我分说"。

在剧中寻找单一的主题，正如我刚才所做的那样，无法充分发掘出这部不同寻常之作的丰富内涵，这部剧体现了莎士比亚的创造能力发生了飞跃。《哈姆莱特》吸收了伊丽莎白时代通俗戏剧的许多因素：幽灵、说教的父亲式人物（波洛纽斯）、戏中戏、哑剧、时事讽刺、暴死、求爱、充满音乐性的疯狂场景、"小丑"的喜剧套路、决斗，以及多个角色死亡的结尾。虽说情节主线是悲剧性的，但莎士比亚经常对事件采取一种喜剧性的视角，为此，他使用了反讽、讽刺、挖苦的手法。毫不奇怪的是，法国新古典主义批评家伏尔泰（Voltaire）对该剧违背了所有的悲剧准则而感到大为震撼，他写道：

这就是一部粗糙、野蛮的货色，放在法国和意大利，哪怕是最底层的那群乌合之众也忍受不了它。在该剧的第二幕，哈姆莱特发疯了，到了第三幕，他的情人发疯了；这位王子以灭老鼠为借口杀死了情人的父亲，女主人公投河自尽。有人在舞台上掘坟，掘墓人一边大讲特讲吹嘘自己行当的双关语，一边用手拿着死人的骷髅。哈姆莱特王子对他们可恶的庸俗行径的反应也同样令人作呕。与此同时，另一位演员征服了波兰。

　　《哈姆莱特》是一部巴洛克式的杰作，而不是一部结构整齐均匀的剧作，例如，《错误的喜剧》或《罗密欧与朱丽叶》或《尤力乌斯·凯撒》。在这部作品当中，莎士比亚的想象"异乎寻常"（引用《安东尼与克莉奥佩特拉》中的话，该剧也有同样丰富的独创性）。按照现行的舞台表演的惯例，该剧通常要删掉八百行左右的台词，莎士比亚本人也不会认为自己写的所有词都得一口气演完。有的段落，例如关于童伶剧团的时事讽刺（第二幕，第二场，339—363 行）、哈姆莱特对演员及戏剧的建议（第三幕，第二场）、哈姆莱特在墓园中对律师的讽刺，以及矫揉造作的奥斯里克的故弄玄虚之语（第五幕，第二场，112—130 行），很容易被缩减或省略。

　　莎士比亚兼用诗体和散文体去刻画人物的技巧，以前在《罗密欧与朱丽叶》中就有精彩的表现，在本剧中，用得更是轻松自如。它们体现在幽灵所说的那些令人生畏、字句铿锵的言语中；体现在第一场宫廷戏中克劳迪斯对哈姆莱特的花言巧语中；体现在波洛纽斯对雷欧提斯的说教中；体现在发疯的奥菲利娅的只言片语中；体现在掘墓人和同伙的乡言土语中；体现在矫揉造作的奥斯里克故弄玄虚的话语中。而且在哈姆莱特本人大量的诗体和散文体台词之中，这些技巧体现得最为淋漓尽致。哈姆莱特这个人非常敏感，变幻无常，听着风就是雨，如果去找他的性格特征的话，他几乎没有什么性格特征可言，或者至少可以说，他的性格游移不定，可能直到本剧快要结束时的那几场，当他在奥菲利娅的尸体前压倒了雷欧提斯的气势后，他的性格才达到了某种平衡。

在第一场宫廷戏中，克劳迪斯指责哈姆莱特悲伤过度，他油嘴滑舌，振振有词，听起来就像在念稿子：

倘若一味哀而不节，此非真虔敬，

只是冥顽透顶；非大丈夫所为！

此乃逆天命而一意孤行，

心胸未健，理智浮躁，

虑事过于简单，涵养缺少调教。

……唉！此乃悖天理，

悖死者，悖人情。

诉诸理性，此种执着更荒谬绝伦，

因理性有其惯例：老父必死；

自天下首具父尸至今日谢世父体，

理性总厉声高叫："必须如此。"

（第一幕，第二场，92—97 行；第一幕，第二场，101—

106 行）

每当哈姆莱特幽居独处，他就开始说话，我们由此可以了解他的心迹。莎士比亚以前最接近这种写作风格的段落是奶妈讲述朱丽叶童年的那一段（第一幕，第三场，18—59 行），但哈姆莱特的意识流式的表述方式证明，他智力高超，而不是缺少心理规训，他的思维极具跳跃性，几乎跟不上自身的节奏：

天地啊！

我非得想起这些事吗？

吁！她曾那样搂抱依偎着父王，

好像越吃得多，食欲反倒越强，

可是，一月未满——唉，不能再想！

见异思迁啊，你的名字就是妇人！——

一月未到，连送葬时的鞋子还完好如新，

当初尾随可怜老父尸体的她，

亦曾泪雨滂沱。呀！她就，她竟——

天啊！即便是畜牲，缺乏理性，

也会有更久的悲情——她竟与我叔父成婚。

（第一幕，第二场，142—151行）

在莎士比亚时代，《哈姆莱特》极受欢迎，尤其受到早年的一位评论者所说的"更有智慧的一类人"的欢迎。伦敦剧院曾被清教徒封禁，17世纪40年代重新开张，恢复演出之后，这部剧的缩写本（但改编得不太认真）依然卖座。

在18世纪，大卫·加里克扮演哈姆莱特大获成功，但到了事业晚期，为了回应伏尔泰那样的新古典主义者的反对意见，他大幅修改了他所谓的"第五幕中的全部垃圾"，甚至删除了掘墓人的戏份。但是，到了18世纪末，随着感性时代和浪漫主义时代的来临，原剧（几乎一直被缩写，而且经常被大幅缩写）开始在英格兰盛行，并且逐渐盛行于海外。歌德（Goethe）在小说《威廉·迈斯特》（1795）中塑造了一个性格软弱的人物，此人高度感性化，无法承担复仇的重担，从那时候开始，这部剧及核心人物开始面对各种各样的阐释。1874年，讽刺作家 W. S. 吉尔伯特（W. S. Gilbert）在一部题为《罗森格兰兹和吉尔登斯呑》的幽默短剧中，让奥菲利娅回答哈姆莱特是否发疯这个问题，她说：

有人认为

他是所有精神健康的人当中最健康的——

有的人说，他真的神志清醒，但装疯——

有的人说，他真疯了，但装神志清醒——

有人说他将发疯，有人说他过去发疯，

有人说他不可能发疯。但总的来说——

——按照我对他们的意思的理解——

最受人欢迎的说法应该是这样的：

哈姆莱特神志清醒得发蠢，

他在精神错乱的间隙神志清醒。

在 20 世纪以及后来的许多演出中，哈姆莱特一直被视为典型的社会反叛者，该剧常以译作的形式，或者以改编本的形式（改编程度不一），被当作政治剧来演出，用于许多不同的目的。导演彼得·霍尔（Peter Hall）在 1965 年评论道："在每个世纪，甚至每隔十年，它都呈现出新的面孔。它就像一面镜子，反映出思考它的那个时代。"它是可塑性最强的作品之一，不断地刺激人们思考，为人们提供了取之不竭的戏剧愉悦。

第六章

《奥瑟罗》

与《罗密欧与朱丽叶》一样,《奥瑟罗》也是一部虚构的爱情悲剧,也是以两个人为中心,但是,与诸如泰特斯、哈姆莱特以及麦克白等人不同的是,这对恋人的人生并没有和国家的命运紧密联系在一起。而且与《罗密欧与朱丽叶》一样,这部剧也取材于一个意大利故事,该故事出自意大利作家吉拉尔迪·钦齐奥(Giraldi Cinthio)之手,是一个关于爱情和嫉妒的无聊故事,被莎士比亚进行浪漫化处理并拔高。但该剧的主要焦点并没有均匀地集中在两人身上——正如《安东尼与克莉奥佩特拉》中所做的那样——而是集中到了男主角身上。这场悲剧不是厄运造成的,而是个人的宿怨造成的:效力于威尼斯政府的摩尔人将军奥瑟罗,被手下的掌旗官伊阿戈设计陷害;女主角苔丝梦娜——奥瑟罗的妻子,是悲剧的牺牲品,但她在剧中的作用无法与奥瑟罗相提并论（图5）。

这部剧内容紧凑，情节推进迅速，生动紧张，情感激越，奥瑟罗扼死苔丝梦娜后自杀，这个悲剧性的结局引人入胜。这是一部给人留下深刻印象的作品，它是用对话体写成的，有的时候对话活泼生动、轻松随便，能够达到雄辩有力的程度。当年这部剧十分走红，1660年斯图亚特王朝复辟后，它就是首批恢复演出的莎剧之一。1693年托马斯·赖默（Thomas Rymer）对其予以攻击，但未能将它击倒，反倒

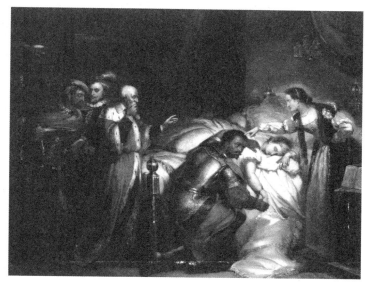

图5. "苔丝梦娜之死"，约1857年。威廉·索尔特（William Salter）绘，油画

提供一个有益的教训，即利用不合适的标准去衡量文艺作品是危险的；赖默刻薄地称其为"一部血腥的闹剧"，还说它"是在告诫没有征得父母同意就和黑人私奔的上流社会少女"。他援引了苔丝梦娜失去手帕一事在全剧情节中的作用，将这部剧的主题简化为："警告所有的贤妻良母，要看好自己的亚麻织品。"他的种族主义评论"一个和我们在一起的摩尔人，有可能娶一个邋遢小女人或懒婆娘"，预示出后人反对将黑人塑造成悲剧主人公，认为这不合适。他吃惊地称这部剧就是一出"血腥的闹剧"，这种看法源于新古典主义的观点：喜剧因素不适用于悲剧，这反映出他完全误解了莎士比亚对待不同种类的戏剧的态度。这部剧中的确存在强烈的喜剧因素，对于那些持有同情心的观众来说，这些因素既可以提高它的戏剧魅力，又可以丰富它的情感内容。

除了《驯悍记》之外，比起莎士比亚的其他戏剧，《奥瑟罗》最能体现两位核心人物是怎样斗智的。一位是理性主义者伊阿戈，他讲的是散文体对白，一位是浪漫派奥瑟罗，他得心应手地运用诗体，但是，在伊阿戈的有害影响下，他的语言表达退化了，先是使用散文体，后来又前言不搭后语，乱讲胡话。苔丝梦娜和伊阿戈的妻子艾米莉娅夹在他们两人之间，是无辜的受害者。

对于讲述个人冲突的剧情来说，种族问题一直是很重要的。在它的首印本（出版于 1622 年，此剧创作大约二十年后）当中，它的全名是《威尼斯的摩尔人奥瑟罗的悲剧》，这个名字表明，这个悲剧故事的主人公是黑人，一个生活在异国他乡的外来人。"悲剧"这个词用得有些突兀；这个词至少带有一定的同情态度，而当时的观众还不习惯于受人引导去同情黑人；《泰特斯·安德洛尼克斯》中的摩尔人阿戎，自称"若说此生尚有行善之举，/便道此愿[1]未了，魂悔莫及"（第五幕，第三场，188—189 行），在当年人眼中，这样的黑人才是更典型的黑人。在教堂的壁画中，魔鬼都被绘成黑色，而奥瑟罗就让人联想到这样的绘画：听到苔丝梦娜否认他杀了自己，他带着痛苦的懊悔心理犀利地说："她是个下地狱都要说谎的女人"，她的侍女艾米莉娅则回敬说："那她更是个天使，而你更是个黑心黑脸的恶魔！"[2]（第五幕，第二场，138—140 行）

1　这里所说的"此愿"指的是干罪恶至极的坏事的心愿。
2　本书所引《奥瑟罗》译文，均出自许渊冲译《奥瑟罗》，外语教学与研究出版社，2016 年。个别地方有所改动。

　　莎士比亚在肤色问题上大做文章，他的首批观众一看到扮成黑人的演员理查德·伯比奇（Richard Burbage），就很可能先入为主，相信伊阿戈在开场戏中对奥瑟罗的鄙夷，这些鄙夷之词都和淫荡的罪名有关："一头黑公羊""一匹野马""一个不要脸的摩尔人"。剧中人物在提到奥瑟罗的种族时，用的都是贬损之词：伊阿戈称他"厚嘴唇"，苔丝梦娜的父亲布拉班修说到他"黝黑的胸膛"，至于奥瑟罗本人，在伊阿戈指控苔丝梦娜之后，担心地说，"我的名誉本来/像月神的面容一样纯洁，现在却污染得/像我的面孔"（第三幕，第三场，391—393行）。

　　后人与托马斯·赖默有着某些相同的种族偏见，还放任这些偏见影响演出。查尔斯·兰姆（Charles Lamb）发现，看过这部戏的人无不"极为反感奥瑟罗向苔丝梦娜求婚以及两人婚后的卿卿我我"。诗人柯尔律治（Coleridge）认为，"一想到那位漂亮的威尼斯女郎爱上了一个名副其实的黑人，就让人觉得荒谬"；艾拉·奥尔德里奇（Ira Aldridge）因为种族原因，被迫离开老家美国来到了英国，1832年，他在科文特加登广场演了这出戏，演出很成功，但报纸仍然诋毁他，说他是"肮脏的黑鬼"，一个"无耻的暴发户"，

"会弄脏了舞台"。1930年，了不起的黑人歌唱演员保罗·罗伯逊（Paul Robeson）在伦敦扮演这个角色的时候，也是因为同样的种族原因而遭到别人的反对。

近些年来，风水轮流转，反倒是那些非常适合扮演奥瑟罗的白人演员失去了扮演这个角色的机会。从社会的角度来看，这也是一件可以理解的事情，但这也有一种风险：瓦解作者在剧中故意使用的象征手法。卡西奥的情妇叫碧恩嘉，她的名字意为"白色的"。莎士比亚经常搬弄悖论，将外在的品质与内在的品质联系起来，将黑色皮肤与内在邪恶联系起来，如果观众知道这个演员实际上不是黑人，这种悖论效果就会更好。为了替自己嫁给奥瑟罗辩护，苔丝梦娜说："我在他（奥瑟罗）的心灵中看出了他的真面目"，威尼斯公爵支持她，他对那位满腹委屈的父亲说：

> 高贵的元老，
> 善也是美，你的黑女婿
> 英勇善战，也很美呀！

（第一幕，第三场，288—290行）

伊阿戈阴损歹毒和内心邪恶的形象，开篇伊始就被牢固地确立下来了，通过他与罗德里戈——追求苔丝梦娜的蠢货——的对话可以看出这一点。他毫无顾忌地向罗德里戈承认，他之所以"像在地狱里受罪一样"跟随奥瑟罗，就是因为"也有我的打算"，装模作样"对他好和尽职尽责……只是有自己的打算"。我们很快就晓得，伊阿戈痛恨奥瑟罗的主要原因是奥瑟罗没有提拔他，而是提拔了卡西奥当副将。

罗德里戈与伊阿戈一道，在种族和性生活问题上大做文章，诋毁奥瑟罗，他们说苔丝梦娜与"一个不要脸的摩尔人"私奔了，但是，奥瑟罗一出现，莎士比亚就设法推翻了观众们可能感觉到的不利于这位黑人主人公的全部偏见。奥瑟罗沉着冷静、气度不凡地反驳了布拉班修的指控：他用了魔法妖术才赢得了苔丝梦娜的芳心。当布拉班修当着威尼斯公爵以及全体元老的面再次提出他的指控，莎士比亚则让奥瑟罗不慌不忙、义正词严地进行了自我辩护：

我带走了这位元老的女儿，

这是真的；真的，我和她结了婚，说到底，

这就是我最大的罪状，再也没有什么罪名

可以加到我头上了。

（第一幕，第三场，78—81行）

他说到自己在求婚过程中是如何向苔丝梦娜讲自己浪漫的、英勇的过去：

谈到在海上和陆上最动人的事件，

一发千钧、死里逃生的关头，

被凶狠的敌人俘虏，

贩卖为奴……

（第一幕，第三场，134—137行）

他和她讲：

见过吃人的

生番，瞧过头低于肩的

畸形人。

（第一幕，第三场，142—144行）

他在用这些旅行者的故事哄她开心吗？或者说他真的认为自己见过这些东西？他讲的那些光怪陆离的故事早早就向我们暗示，轻信人言会让他完蛋，会让他十分迷信那块手帕——这是他送给苔丝梦娜的第一件礼物——说它是"用魔法编织而成的"。而伊阿戈则让他相信，苔丝梦娜草率地将手帕赠给了卡西奥，这块手帕象征他对苔丝梦娜的一往情深会被伊阿戈的谎话和阴谋吹走。

> 这手帕轻得像空气，似乎微不足道，
> 对妒忌的人来说却是
> 神圣的证物。
>
> （第三幕，第三场，326—328行）

伊阿戈憎恨奥瑟罗的动机是出了名的模糊和多样。柯尔律治有过一个著名的说法，称其为"无动机的恶毒天性"，但事实上，除了嫉妒卡西奥的升迁之外，他还列举出其他许多原因。他说他本人爱苔丝梦娜（第二幕，第一场，90行），他怀疑奥瑟罗与自己的老婆艾米莉娅通奸；但他的邪恶十分纯粹，这就给这个戏剧人物增添了魅力，莎士比亚仿佛在暗示：为一种不正常的心理状态寻找正常的原因，是徒劳之举。他就是一位精神病患者，一位造诣极深的演员，在他的恶行最终暴露之前，剧中每个人（包括奥瑟罗）都认为他是"老实人"。

通过塑造伊阿戈这个人物，莎士比亚出色地揭示了理性的局限。与《李尔王》中的爱德蒙一样，伊阿戈能够利用理性，能够像我们所说的那样，"合乎情理"地欺骗比他明智得多的人。对他而言，爱情是没有什么意义的。他把爱情简化为性欲，他对罗德里戈说，爱情"只是血肉的冲动，意志的松懈"，当苔丝梦娜"厌腻了"奥瑟罗的肉体之后，她就会寻找一个更年轻的情人。奥瑟罗"很老实，看人外表忠厚 / 就会相信别人当真老实"；除了我们这群观众之外，世上所有人都认为伊阿戈是"老实人"。他在独白当中摘下了面具。

> 摩尔人很老实，看人外表忠厚
> 就会相信别人当真老实，
> 很容易被人牵着鼻子走，
> 像条驴子一样。

（第一幕，第三场，391—394 行）

片刻之间，他就想好了一套阴谋诡计。

有了：我要在光天化日下显露

黑夜和地狱的真实面目。

（第一幕，第三场，395—396行）

伊阿戈如此相信观众，意味着我们有一种与之同谋的可怕感觉，仿佛我们也会轻易地做出他的行为。正如他牵着奥瑟罗的鼻子一样，他在很多方面也挟裹了我们，让我们在佩服他游刃有余地操纵奥瑟罗情感的同时，昏头涨脑地陷入失去道德方向感的危险之中。在精彩的"诱惑场景"（第三幕，第三场）中，奥瑟罗由一个通情达理的人变成了一头野兽，这一变化在伊阿戈表露心迹的时候就已经预示出来：

这个老实的傻瓜

去请苔丝梦娜挽救他的厄运，

但是当她去求摩尔人的时候，

我会把毒药灌进他的耳朵里去的，我会说

她为卡西奥开脱完全是为了她隐蔽的私情。

这样她越为他说好话，

摩尔人也就越不相信。

（第二幕，第三场，344—350行）

莎士比亚不想给我们留下悬念：下一步将发生什么，我们都知道，作为观众，我们的乐趣就在于观看它在我们面前展现的过程。这种场景带有引诱性。伊阿戈离间了奥瑟罗与苔丝梦娜的感情，得到了奥瑟罗的宠爱，所以在这个过程中，奥瑟罗会说："我会永远感谢你的"（第三幕，第三场，217行），让人不寒而栗。这幕戏结束之后，两人跪在地上，拙劣地模仿宗教仪式，奥瑟罗发誓报仇雪恨，伊阿戈表示愿意为其效力，他说，"我一定永远遵命，为你效劳"。

爱情关系的破裂动摇了奥瑟罗安身立命的根基，这一点可见于他在告别自己过去的生活之际，满怀痛苦地发表的雄辩有力的演讲中：

别了，宁静的心情；别了，满意的生活；

别了，头戴羽盔的军队，激发雄心的

大战，都永别了！

（第三幕，第三场，353—355行）

由此，他开始不知所云地胡扯，"去你的吧！什么交头接耳，眉目传情，这可能吗？承认？手帕？啊！该死！"在外形上，他也从一个身姿英挺、威仪赫赫的司令官，可鄙地沦为一个头脑发热的冲动分子，因此伊阿戈才会得意扬扬。在这场戏一开始的时候，他评论苔丝梦娜：

若是我不爱你，

那除非是天翻地覆，世界

走到尽头了。

（第三幕，第三场，91—93行）

现在果然开始天翻地覆了。

这部剧只有三位女性人物，很容易给她们进行道德排序。碧恩嘉显然与卡西奥发生了性关系，伊阿戈蔑称她"是一个为了吃饱穿好而干风流勾当的/娘儿们"，这句话暗示她无异于妓女。令人尊敬的已婚妇女艾米莉娅也蔑称碧恩嘉为婊子。看起来，这似乎与伊阿戈的论断不太合拍：卡西奥"每天都很得意"，但不管怎么说，她都是剧中贞洁水准最低的女性。

艾米莉娅的道德要更高一些，但她也不是什么天使。剧中有一个感人至深、引人深思的桥段（第四幕，第三场）。当艾米莉娅帮助她铺床时，苔丝梦娜唱起她永远不会忘记的《杨柳曲》。在这之前，奥瑟罗认为她有罪，把她当作娼妇。曲中的"可怜人""称［她的爱人］虚情假意"，对此，曲中的情郎则愤世嫉俗地反驳："我追几个女人，你可多换情郎。"苔丝梦娜无法相信女人会做"这种对不起丈夫／的丑事"；即便给她"一个世界"，她也不会这么干，但艾米莉娅则对此采取了更加现实的态度：

当然，我不会为了一对戒指、几匹布、几件衣服，为了杯盘碗盏等等就干这种丑事。但若是给一个世界，那为什么不干呢？谁不愿意让丈夫先戴绿帽子后戴王冠呢？即使要冒险下炼狱去革面洗心，不也值得一试吗？

（第四幕，第三场，71—76行）

当苔丝梦娜依旧不相信她会做出这样的事情，艾米莉娅发表了一通措辞激烈的观点：女人应当享有与男人平等的权利，她的这番话听起来似乎太超前了。她说："妻子出事都是 / 丈夫的错。"如果男人未能履行婚姻职责：

> 把我们珍爱的东西滥用到别的女人身上，
>
> 或者妒忌心一爆发，
>
> 就粗暴限制我们的自由，甚至责打我们，
>
> 怀恨在心地剥夺我们的财物。
>
> 怎么？难道我们没有感觉？我们虽然温顺，
>
> 难道不会报复？
>
> （第四幕，第三场，87—92 行）

女人"像男人一样，也会逢场作戏、感情游移和脆弱"，如果男人受诱惑误入歧途，他们的老婆也会如法炮制。但苔丝梦娜态度很坚决，她不会效仿坏榜样。莎士比亚让我们坚信她为人正直，尽管艾米莉娅表达的原则不如女主人那么理想化，但是，到了最后一场，她的道德形象变得伟大起来。她激情四溢地替苔丝梦娜辩护，她谴责了伊阿

戈，她决心死在女主人的身边。

　　奥瑟罗被伊阿戈的嘲弄之词弄得异常冲动，头脑恢复清醒之后，他认为自己变成了野兽："一个头上长了角"的人（通常认为男人头上有角是戴了绿帽子）"就是恶魔与野兽"（第四幕，第一场，60行）。在伊阿戈的影响下，他扼杀了苔丝梦娜。他的这种行径当然是恶魔般的兽行。但是，由于坚信他的理由是正义的，他讲话又恢复了高贵的气度，他为苔丝梦娜美丽白皙的皮肤悲悼："光滑如玉的肌肤"，陶醉于她那"沁人心脾的香气，几乎要醉倒盲目的正义女神，/软化她手中的执法宝剑！"他认为自己杀她是向上帝"献祭"，而不是谋杀。扼死她之后，即便此时他还不知道苔丝梦娜是无辜的，他也对自己的行为表示恐惧：

啊，真是难以忍受！压死人的时刻！

我看天地都在变色，

日月已经无光，地球也吓得

目瞪口呆了。

（第五幕，第二场，107—110 行）

当他了解到伊阿戈欺骗了自己，他内心当中的剧烈痛苦让他产生了可怕的炼狱般折磨的幻象，就像宗教画中所描绘的地狱中的景象：

> 让狂风暴雨鞭挞我，让熊熊烈火烧死我，让万丈深渊
> 淹没我的怒涛骇浪，都变成腾腾烈焰来把我烧得粉身碎骨吧！

（第五幕，第二场，284—287 行）

在他最后一次的大段演说中，他又恢复了当初他向威尼斯元老院讲话时所带的那种威严。他让人们不要忘记，他是：

> ……一个不会用情而又用情很专的情人；
> ……一颗不太容易妒忌的心，可一旦有人煽风点火，
> 我又会走极端，

（第五幕，第二场，353—355 行）

但这也是一段自我谴责的讲话，当他拿出隐藏的匕首，这段讲话便达到了高潮：他以强烈的戏剧化的方式自

裁了。

他会因此而得到救赎吗？并非所有人认为他会。有人指责他在戏剧的最后阶段自欺欺人、自吹自擂。但卡西奥称赞他："他是一个心胸开朗的人。"大家一起谴责伊阿戈，伊阿戈被判处酷刑，当他旁观"这张床都载不住的血腥悲剧"时，始终一言不发。

虽说人们对待种族态度的变化在这部剧的接受史以及演出方式上发挥了至关重要的作用，然而，它在演出剧目中保住了位置，并且衍生了许许多多其他的演出方式——罗西尼（Rossini）和威尔第（Verdi）的晚期杰作歌剧《奥瑟罗》，还有芭蕾舞、交响乐以及电影。有些电影就派生于戏剧演出，例如劳伦斯·奥立弗主演的影片（1965），以及特雷弗·纳恩（Trevor Nunn）在1989年执导的作品，该片在皇家莎士比亚剧团的排练剧院"另一处"当中拍摄，由威拉德·怀特（Willard White）扮演奥瑟罗，伊恩·麦凯伦（Ian McKellen）扮演伊阿戈；还有在摄影棚拍摄的片子，例如奥森·韦尔斯主演的片子（1952），以及1995年由劳伦斯·菲什伯恩（Laurence Fishburne）扮演奥瑟罗、肯尼思·布拉纳扮演伊阿戈的片子。这部剧是以社会背景下的人为核心的，这就意味着它很容易被更新：纳恩作品的背景让人想到 19 世纪中叶的美国；2011 年的国家剧院版由罗里·金尼尔（Rory Kinnear）扮演伊阿戈，阿德里安·莱斯特（Adrian Lester）扮演奥瑟罗，该片将大部分情节放在了当代的军营中。甚至还有一部摇滚音乐剧版的《奥瑟罗》，名字叫做《灵魂捕手》（1968）。

第七章

《麦克白》

而恻隐之心，将像裸体的初生幼婴

驾驭着风暴雷霆，

或像小天使骑着无形的空中风马，

将这可怖的暴行

彰显于每一只眼睛，

致使泪雨倾盆而浇灭悲风。

（《麦克白》，第一幕，第七场，21—25行；图6）

"雷鸣电闪。三女巫上"。我们身处苏格兰某个草木枯萎的荒原上——还是说这一幕仅仅是在我们的想象中？女巫（她们的身份我们后来才知道）——"形容枯槁"，"穿着怪诞"；她们与自己熟悉的名叫癞蛤蟆和小灰猫的妖怪交谈；她们看起来像女的，却长着胡须；一场大战即将爆

图 6. "而恻隐之心，将像裸体的初生幼婴"。威廉·布莱克绘，版画，约
1795 年

发；这些女巫希望马上见到一个名字叫做麦克白的人；她
们颠三倒四地说唱"美即丑，丑即美"；几秒钟之内，这
三个坏家伙战战兢兢，伴随着另一阵雷声和闪电迅速消失，
就像她们来的时候那么迅速。

从一开始就可以看出，这不是一部表现普通人日常
生活的编年史。随着剧情的发展，我们看到某人对着实际
并不存在的匕首讲话；有个女人请求妖怪去除她的性别特
征；我们听人说几匹马互相吞噬；我们看到一个幽灵——

两次——出现在国宴上；女巫们再次围着一口大锅跳舞，她们往锅里扔进了各种各样极其可怕的东西，嘴里唱着"加油加油努力干，锅汤滚滚烧烈焰"，她们招来了怪异的鬼魂，还有"八位国王装束者现身"；扮演军队士兵的演员们伪装成森林；最后，矛尖上挑着仿制的国王首级。

《麦克白》与它所在的时代息息相关，这不仅体现在剧中利用了超自然因素，还体现在剧中出现了与当时戏剧演出惯例相关的东西，例如，人们说话用诗体，有独白、旁白，还出现了女巫、幽灵、哑剧，以及一颗被切下来的脑袋。它在1606年左右首演，它的题材与时事高度相关。国王詹姆斯一世——表演这部剧的剧团（国王剧团）的恩主——也就是苏格兰国王詹姆斯六世，在1603年才登上英格兰的王位。他本人对巫术兴趣盎然：他写过一本名字叫《妖魔论》的书，出版于1597年，重印于1603年，这证明他相信巫术；还因为，他曾是那些自认为有超自然能力的人试图谋害的对象，而且他参与了女巫审判案，很多所谓的女巫遭到处决，后来这当中有些人被宣布无罪，但为时已晚，对她们来说已经没有任何意义了。

此外，在1605年的火药阴谋案之后，推出一部苏格兰国王（邓肯）惨遭谋杀的戏剧具有特殊的时政意义。这桩阴谋案的策划者不仅要炸死詹姆斯一世一家，还要炸掉整个议会。在剧中，麦克白城堡的看门人转弯抹角地提及这件事，他提到了模棱两可之词——地下天主教徒使用的技巧，表面上用它表示一个意思，实际上表达另一个意思。

剧中甚至还有更为直接的影射：麦克白提到了詹姆斯一世的世系，他在女巫念咒召唤来的八位国王当中，看到"有人甚至执御球两个、御杖三根"（第四幕，第一场，128—140行），这里暗指詹姆斯统一了英格兰和苏格兰王国。当这部剧在御前演出的时候，这个片段会产生极为特殊的意义。（在现代表演中，这个片段经常被省略。）在所有莎剧当中，《麦克白》与时政的关系是最为明显的——从这个角度来说，它也是最容易过时的——无论就戏剧艺术而言，还是就题材而言，都是如此。

该剧首次印行于1623年的第一对开本中，在莎士比亚的所有悲剧中，它的篇幅最短。目前流传下来的本子，据认为是托马斯·米德尔顿改编的——米德尔顿与莎士比亚合著过《雅典的泰门》——他可能删减了原剧的篇幅，同时也补充了一些片段：女魔头赫卡忒出现在女巫面

前，演唱两首巫曲，这两个片段也出现在米德尔顿的戏剧
《女巫》中。对开本只收录了这两首巫曲的开头几句，但
1986 年的牛津版《莎士比亚全集》则印刷了全文。

尽管此剧与那个时代的关系非常密切——或许在莎剧
当中，它与时代的关系是最密切的——《麦克白》始终在
舞台上和影片中大受欢迎，无论是根据原本还是改写本进
行的演出或者拍摄的电影，而且它经常是大中学校学习的
对象。即便是小孩子也能欣赏女巫身上奇妙的怪诞气息。
这部剧的想象魅力超越了它的时政性。我们利用理性的头
脑，可能会否定它的基本前提，否定人们会如此行事，然
而，它在无意识层面作用于我们的想象力，诉诸我们的感
觉，正如哈姆莱特在一部同样使用了超自然因素的剧中所
说的那样："天地之间有许多东西超出了"我们哲学的"梦
想"；或许有些人的确有看透未来的禀赋，能够起死回生；
正如麦克白所说的那样，"早听说藏尸顽石会自动，树木
也会自开口"（第三幕，第四场，121—122 行）。

这部剧的基本故事情节源于莎士比亚钟爱的取材的书
之一：霍林谢德（Holinshed）的《编年史》。根据这个基
本故事情节，可以写出一出粗糙的、与现实毫无关系的闹

剧。这部剧的伟大之处在于，莎士比亚利用强大的写作能力和对核心人物心理世界的富有想象力的深度解读，描写了核心人物的心理现实。正如我们在伦勃朗（Rembrandt）的一幅杰作中所看到的那样，次要角色被抽掉了个体性，这是为了突出主要人物。例如，邓肯是一位理想国王的象征而非画像。班柯是重要人物，这主要是因为，尽管他和麦克白受到同样的诱惑，但是他拒绝了这些诱惑。他告诉麦克白，自己梦见了女巫：

昨夜那三位女巫又入我梦乡；

她们给您的预言还真有点名堂。

麦克白的答复在字里行间暗示出，他拿不准他与班柯能够合作到什么程度：

我倒没把她们放在心上。

不过，咱们若能有点闲暇时光，

就此事聊聊，倒也不妨。

假如能得您赏脸的俦望。

班柯同意了，麦克白受到鼓励，趁热打铁：

如果你与我协力同心，

到时候你自有荣誉加身。

但说到这里，班柯却打了退堂鼓：

若能问心无愧、

清白忠贞，求得荣誉

而不让品德受损，

我愿恭听高明。

（第二幕，第一场，19—28行）

这段对话细致入微地描写了两人的心理活动。在这段对话中，在实际没有遇到诱惑的情况下，班柯向麦克白和观众表示，如果有诱惑，他不会为其所动。对于麦克白来说，他成了某种良知的化身。

莎士比亚在描写次要人物过程中那种明显的程式化，凸显出他向我们揭示麦克白及其妻子的内心世界时所

用的微妙笔法和深刻的心理探索。两人胸中的邪恶经常
表现在他们对自然情感的压抑中。在一段精彩的祈祷词
中，麦克白夫人极力压抑自己的女性阴柔：

来吧，恶煞凶神，

且怀嗜血的杀心，去除我阴柔的女性，

快让我从头到脚灌注上狠毒的残忍，

快让我热血冷凝；快堵死怜悯的通道，

免使天使偶现撼动我痛下杀手的决心；

别，别让我在目的与后果间犹豫彷徨！

来吧，谋杀的帮凶，来吸吮我这女性乳浆，

好更加胆大妄为，你们无形的躯体

无处不在，时刻期待着把恶行彰扬；

来吧，沉沉黑夜，如地狱暗雾横流，

罩上最黑之袍，免使利刃割裂之伤口

映不进利刃的明眸，

免使苍天窥透黑幕

而高叫："住手，住手！"

（第一幕，第五场，39—53行）

另一方面，麦克白小心翼翼地控制自己的想象，几乎挫败了自己的野心：

> 这位邓肯天性宽厚，治国清明，
>
> 其美德将像众天使齐吹响
>
> 嘹亮号角，怒谴这弑君的罪行；
>
> 而恻隐之心，将像裸体的初生幼婴
>
> 驾驭着风暴雷霆，
>
> 或像小天使骑着无形的空中风马，
>
> 将这可怖的暴行
>
> 彰显于每一只眼睛，
>
> 致使泪雨倾盆而浇灭悲风。我空有
>
> 意图之马，却无马刺励马飞奔，
>
> 唯有野心膨胀，本欲腾跃马背之上，
>
> 却用力过猛而跌落马鞍之旁。

> （第一幕，第七场，16—28行）

在谋杀案发生之前，麦克白与夫人的行为形成了鲜明对比。但是，随着剧情的发展，他们的角色颠倒了位置。

麦克白夫人的想象开始发挥作用了。两人都曾要求黑夜掩盖他们的罪行，却发现麦克白"杀死了睡眠"（第二幕，第二场，40 行）。他们开始噩梦不断。他们曾把白天变成黑夜，可如今，他们的黑夜却无异于白天。当她本应对未知事物感到恐惧之时，她却希望"无视恐惧"[1]（《终成眷属》，第二幕，第三场，2 行）；但当她的想象力发挥作用的时候，她"所谓的知识"却失灵了，出现了可怕的梦游问题。梦游场景不同寻常地预示出弗洛伊德的心理学理论，她在白天清醒的时候极力压抑的潜意识恐惧心理，在睡觉的时候被释放出来了。她本以为"一点水就能把这件事洗得干干净净"；结果却发现，"用完阿拉伯的一切香料也熏不香这双小手啦"。

相反，在麦克白身上，我们目睹了想象力的缓慢死亡。最初，他一想到谋杀后果，顿时不寒而栗，都要放弃这个计划了。日积月累的邪恶产生的纯粹动力将他推向不断升级的犯罪生涯中。

1　本书所引《终成眷属》译文，均出自王剑译《终成眷属》，外语教学与研究出版社，2016 年。

既已喋血权城，合当涉血而进，

顾盼，退回，同是索然无味。

（第三幕，第四场，135—137行）

起先他亲自谋杀邓肯，继而派职业刺客暗杀班柯，在这之后，他又屠杀了麦克杜夫夫人及其儿子——谋杀儿童是罪大恶极的象征——用的是远程操纵的手法，就像政客按电钮远程引爆核武器那样。他在犯下最严重的罪行的时候，丝毫没有当初谋划暗杀邓肯时的罪恶感：

对麦克杜夫城堡，奇袭；对法夫，攻占！

对他的妻儿和一切不幸者，只要有点血缘，

都使剑下亡身。

（第四幕，第一场，166—169行）

至少他还承认，他们是"不幸"的。他表达了内心中绝望的景象：

叹命期漫漫，命途坷坎，

倏落秋零之际，黄叶正自凋残。

荣誉、爱戴、服从，朋友百千，

本应是我衰年所伴，而今去也，

一去不复回还。相反，伴我者

唯余诅咒，刻毒而低沉，还有

假恭维，来自欲言又止的心田。

（第五幕，第三场，24—30行）

他的反应是麻木的："我很快忘掉了害怕的滋味。"当他听到妻子的死讯时，他的反应与其说是个人哀伤的表现，不如说是在否定全人类情感的合法性：

这本是难免之事，或迟或早，

总会有人对她把这崩字儿叫。

明朝，明朝，又一个明朝，

一天天，碎步前进，迢迢，

直奔向人世末路、最后呼召。

"昨日"无穷，尽为愚人长举照，

照见黄泉路，尘沙渺渺。

灭吧，灭吧，这短暂烛火飘摇！

生命不过是能动的影子，

是可怜的演员，在舞台上蹦跳，

转瞬便迹敛声销；是白痴的故事，

意味寥寥，只充满愤怒与喧嚣。

（第五幕，第五场，16—27 行）

　　虽说《麦克白》是一部历史悲剧，它也是一部寓言作品，能够轻而易举地与人类生活的不同领域联系在一起。那些为了满足自己的野心而不顾良心谴责的野心家，以及那些被同样野心勃勃的同伴唆使的人，在各个社会和各个时代都不乏其人，所以说，它的基本情节很容易在不同的社会和时代被重新编排。它已经有了许多出色的影视版，例如奥森·韦尔斯主演的影片（1948），波兰斯基（Polanski）在 1971 年拍的片子，特雷弗·纳恩在 1976 年执导的舞台版——由伊恩·麦凯伦和朱迪·登奇（Judi Dench）主演，格雷戈里·多兰于 2001 年执导的皇家莎士比亚剧团版——由安东尼·谢尔（Antony Sher）与哈丽雅特·沃尔特主演，还有迈克尔·法斯本德（Michael Fassbender）主演的影片（2015），这些片子合情合理地贴近原作和背景；但也有一些改动极大的版本，例如剧情涉及芝加哥黑帮混战的《乔·麦克白》（1955），1957年由黑泽明（Akira Kurosawa）执导的出色的日本电影《蜘蛛巢城》，还有以孟买黑社会为背景的印度电影《麦克布尔》（2004），凡此种种，足以证明这部剧已经超越了它原本的时政性，可以说，它不断地投射出人类的主要本能和欲望。

第八章

《李尔王》

《李尔王》是戏剧演出的珠穆朗玛峰。对于许多演员来说，爬向其顶点的旅程代表了职业生涯的高光时刻（虽说演好这个角色不一定非得年纪大的演员：彼得·布鲁克于 1962 年执导的《李尔王》是声誉最高的版本之一，但主演保罗·斯科菲尔德［Paul Scofield］当时年仅四十岁）。对于读者来说，有一件事比较麻烦，那就是这部剧有两个版本，一个是牛津版《莎士比亚全集》中收录的《李尔王的历史》，这个本子依据的是莎士比亚最初创作的本子，另一个显然是剧院演出使用的改编本，名字叫做《李尔王的悲剧》。戏剧导演们经常得在二者中作出选择，还经常压缩剧本内容。为了避免不必要的麻烦，我集中探讨的是后一个版本。

对于读者和演员来说，这部剧似乎就是一个令人气馁的思想和情感挑战。威廉·哈兹里特（William Hazlitt）在1817年写过一篇雄辩有力的文章，文中指出，这部剧是"所有莎剧中最为出色的，因为，在这部剧中，他的态度是最为严肃的"——或许这并不是它最吸引人的长处。18世纪的莎剧编者和批评家塞缪尔·约翰逊一边说："也许没有哪一部戏剧能让人不忍释卷，能够如此强烈地调动我们的激情，引发我们的好奇心"，一边又说自己"在许多年前震惊于蔻迪莉亚的死亡，以至于我都拿不准自己是否忍心重读最后几场，直到我作为编者修订它们"。

当然，这部剧讲的是一个极度悲惨的故事，内容涉及家国的分裂以及父亲的压迫；虚伪的欺诈；姐妹（贡妮芮和丽根）反目与兄弟（爱德蒙和爱德加）失和；残忍的肉体折磨——其高潮体现在舞台上的如下片段：一个人（康沃尔公爵）在妻子的唆使下，故意残忍地弄瞎了另一个人（格洛斯特伯爵）的眼睛。整部戏剧情节的高潮是格洛斯特试图自杀，兄弟两人殊死搏斗（爱德加和爱德蒙再起纷争）；姐姐（贡妮芮）把妹妹（丽根）毒死；舞台下一位年轻的女性（蔻迪莉亚）被杀，她的父亲（李尔王）抱着她的尸体上了舞台，展示给旁观者看，后来他本人也在尸体旁咽气了。

这部剧的故事情节——类似于灰姑娘和两个丑恶的姐姐——有寓言性质，我们很容易将其中的人物分为三种——好人，例如爱德加、蔻迪莉亚、肯特伯爵，以及李尔王的弄臣傻子；坏人，例如贡妮芮、丽根，以及（直到生命结束之际的）爱德蒙；还有中间角色，例如李尔本人、格洛斯特伯爵，以及奥尔巴尼公爵，他们对待生命的态度随着剧情的发展而变化。不过，这部剧也是一个与人性息息相关的故事，在这个故事中，忠实的扈从领主（肯特伯爵）乔装打扮以便隐姓埋名为国王（李尔）效力；王室的另一位成员（弄臣傻子）竭尽全力去减缓主人的精神痛苦；儿子（爱德加）乔装打扮，自愿忍受肉体折磨，以便帮助解救父亲（格洛斯特伯爵）；忠诚的无名仆人为主人（格洛斯特伯爵）献出了自己的生命；女儿（蔻迪莉亚）代表她的父亲率军出战，帮助父亲从疯癫状态中恢复健康；虽说经历了严重的动荡，分崩离析的国家最终还是统一了。

虽说这是一部极度严肃的戏剧，但里面还是充满了喜剧因素——不过无可否认的是，它们经常属于那种怪诞式的、反讽式的喜剧因素。我们可以从下述情景中看到这些喜剧因素：戏剧刚刚开场时贡妮芮和丽根表现出刺眼的虚伪做派；傻子搞笑地通过寓言和断断续续的歌唱教导李尔；肯特伯爵粗鲁地对待贡妮芮的仆人奥斯华德；贡妮芮和丽根在爱德蒙那里争宠；发疯的李尔对贡妮芮进行模拟审判；格洛斯特试图自杀的过程中出现古怪的黑色喜剧因素；发疯的李尔与瞎眼的格洛斯特在多佛尔那场戏中体现出感人的同袍情谊。

在这部剧中有两个情节交织在一起，这种情况在莎士比亚悲剧中是唯一的一例。一个情节以李尔王为中心，另一个情节以格洛斯特为中心，后者对于该剧的整体效果同样重要。两人之间的关系明显具有象征性。李尔王主要经受的是精神上的折磨，虽说由于长女和次女的虐待迫使他离家出走，饱受风吹雨打（图7），他在经历炼狱般痛苦的过程中也少不了肉体之痛。"我心中的风暴／把其他感觉一扫而空，只剩这里跳动的。儿女忘恩负义！"而格洛斯特伯爵经历的是肉体上的折磨，他被宾客赶出家门，又被人挖掉了眼睛——舞台演出的这一幕足以让壮汉晕倒。精神和肉体的这种平行证明莎士比亚创作的格局十分开

图 7. 暴风雨中的疯李尔（第三幕，第四场），生动地暗示了这一场景中怜悯与怪异的混合。傻子、爱德加（裹毯子者）、肯特、李尔、格洛斯特（举火把者）。乔治·罗姆尼（George Romney，1734—1802）绘；油画

阔，他要联系起物质世界，充满人性但完全不带感情色彩地研究人。

据说，李尔王生活在公元前 8 世纪，创建了莱斯特城，他的故事一直被当作不列颠的历史传说。莎士比亚很可能

在多本书中读到它，肯定知道根据它改编的一部悲喜剧，这部剧于 1594 年由女王剧团成功上演，莎士比亚本人年轻时可能还一度效力于这个剧团。这部剧于 1605 年付梓，就在莎士比亚创作《李尔王》之前，名字叫做《英格兰国王李尔和三个女儿最著名的编年史》。在这个版本中，故事情节被高度基督教化了。

莎士比亚在自己的剧作中完全删掉了基督教的框架，此举最明显反映出他的意图可能在于：以这个故事为基础，从根本上考察人的生存状况，考察人与物质世界的关系——李尔王曾经称这个物质世界为"人的小世界"，而且在这个过程中，他并不想到既有的宗教中寻找慰藉。这倒不是说剧中人物没有意识到可能存在形而上学的力量，也就是说，可能存在不为人所知，但或许会影响人类命运的力量；其中一些人物的确乞灵于超人的力量，但如果祈祷的话，他们祈祷的神祇是异教神祇。

可以说，这部剧与《哈姆莱特》形成明显的对照，它是后者的世俗同道（secular companion）。在《哈姆莱特》中，幽灵来自基督教的炼狱；该剧经常乞灵于一神（上帝）；它描写了一位试图祈祷但未能成功的国王克劳迪斯；它争论自杀者——奥菲利娅——可否享受基督徒葬礼；它最后找天使飞来唱歌，让哈姆莱特安息。

而李尔则傲慢地对古代的异教神祇讲话，在开场中，他发誓说：

> 我指着太阳神圣的光辉、
>
> 指着巫神和黑夜的神秘、
>
> 指着天上掌管我们生死的
>
> 星宿之一切运行发誓——
>
> （第一幕，第一场，109—112行）

他要与蔻迪莉亚断绝父女关系。我记得在某场演出中，台上所有人，除了李尔本人之外，都被这庄严肃穆的祷告吓得跪倒在地。后来，他以"阿波罗为证"来发誓，肯特则答复说："啊，阿波罗为证，王上，你向神明发誓也是白搭。"毫无同情心可言、满脑子打算盘的爱德蒙，剧中罪孽昭彰的恶棍，在自我介绍时说："大自然，你是我的女神。"

李尔被暴风雨赶到了一片荒原上，这是一个学习的地方，它是对喜剧《皆大欢喜》中的森林或是《暴风雨》中的荒岛的悲剧性倒置。在这样的地方，男男女女可能学会了重新认识自己，在一定程度上，这也是拜受剥夺之所赐。所以，正如雅典的泰门所说的那样，"我死之后，更会全面解脱"。慢慢地，随着剧情发展，李尔被剥夺了王家的标配。他的两个女儿毫无良心地说，他不再需要一百个，或"二十五个、十个或是五个"，甚至一个骑士来服侍他。当他答复的时候，莎士比亚在台词中使出了全部的修辞本领，我们从字里行间可以感觉到，李尔受到了相互矛盾的冲动和激情的影响，心乱如麻：

啊，别以需要来理论！乞丐再卑微，

总有些粗劣东西是多余的：

如果不许得到超出天然的需要，

人的命就贱如禽兽。你是个夫人；

假如衣着能够保暖就算华丽，

那，你华丽的穿着就不是天然的需要，

因为根本不能保暖。但真正的需要——

老天哪，赐给我忍耐，忍耐我需要！

众神哪，瞧瞧我，一个可怜的老人，

年纪大，悲痛深，两般儿不幸。

假如是你们煽动这些女儿的心肠

来忤逆她们的父亲，就别叫我傻傻地

逆来顺受：用尊贵的怒火激励我，

别让妇人家的武器，泪水，玷污我

男子汉的脸颊！不，大逆不道的夜叉，

我要重重地报复你们两个，

叫世人都——我要做出一些——

是些什么现在还不知道，但一定会

举世震惊！你们以为我会哭。

不，我不会哭。我有充分理由可以哭，

暴风雨起

可除非这颗心碎裂成千万片，

我绝不哭。噢，傻子啊，我快发疯了！

（第二幕，第二场，438—459行）

当他知道体谅他人的苦难时，他的祈祷就更加谦卑了，不过，他依旧不是向基督教的上帝祈祷。他针对无家

可归的穷人说的那些话给我们带来的震撼力，不亚于给他
的同时代人带来的震撼力：

> 我要祈祷，然后才睡觉。
>
> 赤条条的可怜人哪，不论你们在哪里，
>
> 碰到这无情的狂风暴雨不停息，
>
> 凭着你们上无片瓦的脑袋、饥饿的肚皮、
>
> 窟窿百出的褴褛衣裳，如何抵挡
>
> 这般天候？
>
> （第三幕，第四场，27—32 行）

李尔说这番话的时候，正站在穷人的茅屋之外，与他
在一起的是一身平民打扮的肯特伯爵；为了表示自己同情
民间疾苦，他派忠实可爱的傻子进茅屋里去看一看，在此
之前，他是做不到这一点的；以前威仪赫赫的扈从早已不
见踪影，只有傻子对他不离不弃。待到他祈祷结束，傻子
从茅屋里出来了。原来他在那里遇到了本剧平行情节的代
表——格洛斯特的儿子爱德加。从前的贵公子如今正穿着
"窟窿百出的褴褛衣裳"，无异于李尔为之祈祷的那些穷

人。原来此人为了服侍父亲，故意乔装打扮成一个疯（卑德阑）乞丐。

这两条线索在一个荒诞意义上的、令人悲痛的喜剧性场景中交汇了，这场戏让本剧对赤裸裸的人生本质的关注达到了高潮。李尔问道："是他的女儿把他害成这模样？你一样也没留下？全都给了她们？"这番话显示出他仍然执着一念，胸有成见。爱德加装模作样、欢腾跳跃，说着让人听不大懂的胡话，摆出一副疯乞丐的样子。如果莎士比亚时代的剧院允许舞台上出现裸体的话，莎士比亚很可能要求演员裸体出现；近些年的一些演出就无可非议地让演员裸体上场。但还是要保留体面的；傻子说，"不，他留了一条毯子，否则我们就都要难为情了"。李尔仍然执着地用同样的语调说道："除了他狠心的女儿，没有别的能把人践踏到这么卑微。"当爱德加没命地装疯卖傻、信口胡诌的时候，李尔受到了触动，集中思考人的本性与世界的关系：

与其用你无遮无盖的身体面对这极端的天候，还不如藏身坟墓里。难道人就只是这样吗？善待他吧。蚕，你不欠它丝；兽，不欠它皮；羊，不欠它毛；麝，不欠它香。啊？这里有我们三个是过于复杂的。你是事物的本相：没穿衣服的人不过是可怜赤裸的两脚动物，像你这样。

（第三幕，第四场，95—102行）

他开始脱衣服："脱掉，脱掉，这些身外之物！来，解开这扣子。"

爱德加继续装他的疯乞丐，当他的父亲格洛斯特伯爵手执火把进来的时候，他装得更来劲了。格洛斯特告诉李尔，贡妮芮和丽根不许他照顾李尔，任由李尔受风吹雨打之苦，但他没有照做：

但我还是冒了险出来找您，
要带您到有炉火和食物的地方。

（第三幕，第四场，142—143行）

李尔彻底疯了。"他的神志开始错乱了，"肯特说，此时格洛斯特没有认出他，暴风雨继续肆虐，他们把李尔放到一辆卧车中，前往多佛尔，期望在那里"有人迎接、保护"。

李尔的苦难尚未达到高潮，格洛斯特的苦难却在恐怖的片段中达到了高潮：他被挖掉了双眼。出这个主意的是他的儿子爱德蒙，执行的是康沃尔伯爵和他的妻子丽根。在这里，莎士比亚向观众的感受力提出了极大的挑战。当这一幕在舞台演出的时候，一些观众——包括我本人——闭上了眼睛，不忍直视。在古典主义戏剧家那里，这样的片段很可能是由他人描述出来的，而非在舞台上直接呈现，但莎士比亚想让我们体验它的全部恐怖，让格洛斯特本人把这件事比作时人所喜爱的斗熊游戏："我被绑在桩子上，必须忍受狗咬。"丽根从格洛斯特的下巴上揪走了他的胡子，看着眼前的场面，她几乎带着一种虐待狂的快感。这个场面让一位不知名的仆人感到恐惧，他站出来保护格洛斯特，结果死于丽根之手。格洛斯特呼唤他的儿子爱德蒙"点燃所有的亲情火花，/报复这恐怖的行为"。回应马上来了，丽根透露说，爱德蒙本人就是始作俑者："你呼唤的人痛恨你。"这场戏的象征性质就这样向观众们指出来了。儿子居然是置父亲于死地的罪魁祸首，自然秩序被彻底颠倒。

当蔻迪莉亚率领一支法国军队，前来"为老父讨回公道"（第四幕，第三场，28行），遇到了"疯得像怒海狂涛"的李尔，情节开始反转。这时候，由于李尔摆脱了意识清醒时所有的思想负担，他的情绪时不时地还很平静。格洛斯特想在多佛尔海滩跳崖自杀，乔装打扮的爱德加将瞎眼父亲带到了某个地方，谎称这里就是悬崖，下面就是多佛尔海滩，此时此剧的超现实属性达到了高潮。瞎眼的格洛斯特真以为自己跳了崖，但又活了下来。瞎眼老汉遇到了满头鲜花和野草的疯老头儿李尔，两人进行了感人至深的对话。莎士比亚让两位老人反思他们的困境以及整个人类的困境，他们的对话里有格言警句，常有令人痛苦的讽刺，有时还有严厉的厌女症思想，让旁观的爱德加深受触动："若是别人转告，我不会相信。是真的，/直叫我心碎。"（第四幕，第五场，137—138行）

剧情逐渐平静下来，先是精疲力竭的李尔进入了康复性深睡状态，在此期间，还有人"给他穿上干净衣服"，此举颇有象征意义。李尔醒来之后，看着眼前作伴的蔻迪莉亚和肯特，神志开始清醒，心中充满爱意。如果莎士比亚写的是一部悲喜剧的话，李尔王的故事就应该到此结束了。但他有一个更加隐秘的目的。李尔神志清醒之后，甚至正如他先前所认为的那样，即他重新活过来之后——"你们不该把我从坟里弄出来"——将要经受一个又一个的命运打击，一直到他去世。

这部剧结尾的几个片段突出表现了人体就是尸体这种意识和景象。它们的意义早在爱德加对他绝望的父亲说的话中就预示出来了："人必须忍受 / 离开世间，一如忍受来到世间。"丽根被贡妮芮下毒，生病死掉了。爱德加讲述他父亲的死亡。一位绅士上来，带着一把"血刀"，贡妮芮用它结束了自己的生命；她和丽根的尸体在一片阴森的场景中被带到了舞台上；我们之前还看到李尔大谈生命永存的景象，他和蔻迪莉亚"要像笼中鸟般歌唱"，如今他却抱着她的尸体，发出撕心裂肺、动物一般的号叫："哀嚎，哀嚎，哀嚎！"这些话可以有多种解释：一、它们是李尔对自己发出的叫喊；二、它们是对旁观者的教导；三、先是前者，再是后者，二者兼有；他到蔻迪莉亚的脸上寻找生命的迹象，还吹嘘说"我杀了吊死你的奴才"。之后我们又听说爱德蒙也死了，奥尔巴尼向老国王奉还大政，全剧似乎到此结束：

> ……我要退位，
>
> 在这老王陛下活着的日子，
>
> 把绝对的权力交还给他……

（第五幕，第三场，274—276行）

看起来全剧要以善有善报、恶有恶报结束：

> 只要是朋友都将品尝
>
> 美德的酬劳，只要是敌人都会
>
> 喝到应得的杯。

（第五幕，第三场，279—280行）

但李尔把众人的注意力再次吸引到死去的蔻迪莉亚身上，他的话极为简洁，会打动所有因丧失自己所爱而深感悲痛的人：

> 怎么狗啊、马啊、老鼠都有生命，
>
> 你却连一口气都没有？你再也不会回来了，
>
> 绝对，绝对，绝对，绝对，绝对不会！

（第五幕，第三场，282—284行）

他说完下面这番话后就死掉了：

你看见了吗？看她，看，她的嘴唇，

看那里，看那里！

（第五幕，第三场，286—287行）

他真的以为自己看到了复生，在错觉中断气？还是他只是因过度悲伤而心碎离世？爱德加用低调的双韵体哀伤地结束了情节，这四行双韵体总结了莎士比亚塞进剧中的强烈的人生体验：

这国殇的重担我们必须扛上肩：

说出感觉，而非于理当说之言。

年纪最大的最受折磨，我们年少，

不会经历这许多也不要活这么老。

（第五幕，第三场，299—302行）

这几句台词简洁明快，但《李尔王》的语言经常是粗粝的，有时候还很晦涩，极少带有明显的诗意，然而，它却有着强大的表现力，深切动人。有些台词简洁得像谚语，让人难以忘怀："我这个人，受罪多于犯罪"；"没有就什么都没有"；"你还没长智慧，不该长年纪"；"忘恩孩子的刺痛，锐利超过毒蛇的牙齿"；"我们出生时会哭，因为我们来到这傻瓜的大舞台"；"人必须忍受离开世间，一如忍受来到世间"。还有许多场景的语言取得了出神入化的简洁效果，最感人的地方莫过于李尔醒来后恢复神志，看到蔻迪莉亚站在自己面前这一幕。一开始，他用了一个极为雄奇的意象，把她当作了天使：

李尔：你们不该把我从坟里弄出来：

你是天堂的灵魂，但我被绑在

火轮上，连我自己的泪水

都滚烫得像熔化的铅。

（第四幕，第六场，38—41行）

但在这之后，疏远的父女重新团圆和相互谅解的片段却是用一种无比简洁、常用单音节词汇的语言表现出来的：

蔻迪莉亚：陛下，您认得我吗？

李尔：您是个灵魂，我知道：您在哪里死的？

蔻迪莉亚：不行，不行，还太糊涂！

侍臣：他还没完全清醒：且让他静一静。

李尔：我去了哪里？我在哪里？是大白天吗？

我受尽虐待。看到别人这样，我甚至

会同情而死。我不知道该说些什么。

我不敢发誓这是我的双手。我来看看：

我感觉到刺痛。要是能够确认我的

处境就好了！

蔻迪莉亚：噢，请看看我，陛下，

用您的手按在我头上祝福我：

您不可以下跪。

李尔：拜托，请不要嘲弄我：

我是个非常愚蠢昏昧的老人，

都八十好几了，不多也不少，

老实说，

恐怕我头脑不清楚了。

我想我该认得您，也认得这个人，

> 可是我没把握，因为实在不知道
>
> 这是什么地方，无论如何都
>
> 不记得这身衣裳，也不知道
>
> 昨晚在哪里过夜。别取笑我，因为，
>
> 说真的，我想这位夫人
>
> 是我的孩子蔻迪莉亚。

（第四幕，第六场，38—63行）

《李尔王》激越的情感以及不折不扣的严肃性（用哈兹里特的话说）不利于它走红。内厄姆·泰特（Nahum Tate）推出的轻松版让这部剧有了大团圆式的结尾，结果臭名昭著：李尔、肯特、格洛斯特平安退休，爱德加与蔻迪莉亚结婚，傻子这个人物被删掉。自 1681 年至 1839 年，这个版本长期占据舞台（有所修改）。后来，导演们习惯于给《李尔王》设置一个史前的、巨石阵式的背景，以便和故事发生的时代保持一致，从迈克尔·埃利奥特（Michael Elliot）执导、劳伦斯·奥立弗主演的电视片可以看出这一点。但是（正如《麦克白》一样），故事情节可以被成功地转移到其他场景和社会中，甚至被改编以适应其他场景和社会。许多演出或明或暗地与现代社会比拟。
在莱斯特的一次演出中，凯瑟琳·亨特（Kathryn Hunter）
扮演李尔，故事的开头和结尾都放在了养老院。日本导演
黑泽明的影片《乱》（1985）把女儿变成了儿子。简·斯
迈利（Jane Smiley）的小说《一千英亩》（1991；1997 年
拍成了电影）非常随意地重构了李尔王的故事，把背景设
在了美国中西部。此剧还有歌剧版（1978），这是阿里伯
特·赖曼（Aribert Reimann）为迪特里希·菲舍尔-迪斯
考（Dietrich Fischer-Dieskau）写的，但是威尔第和布里顿
（Britten）计划的歌剧一直没有写成。无论对观众还是对
阐释者来说，《李尔王》都是艰巨的挑战。

第九章

《雅典的泰门》

如果你去剧院观看《雅典的泰门》，你听到的台词、看到的剧情会迥异于你读过的任何一版剧本。造成这种现象的直接原因是，这部剧流传至今的唯一版本——很可能是过去唯一的版本——尚未完成；这个半途而废的本子出自莎士比亚和比他年轻的同时代人托马斯·米德尔顿之手，到了这个剧本的后期阶段，两人的合作告吹了。我们今天看到的是一个奇特的概要式版本，由于言辞极具感染力，对社会的讽刺十分尖锐，后面几场戏的诗词优美动人，有一唱三叹之妙，因此，它有重写的价值。在本章的前半部分，我在论述它的时候把它当作这样一部作品：它在演出中很可能包含合理保守的思想，而没有过多地考虑隐藏在它背后的那些问题。在后半部分，我更多地着眼于你读第一版或后来出的现代版时，会遇到哪些问题。

这部剧就是一个寓言，明显可分为两部分。在第一部分，出手慷慨大方、生活奢侈的希腊贵族泰门家资万贯，他慢慢地意识到，他所谓的那伙朋友就是一群唯利是图的马屁精，这些人只在乎他的金钱。在第二部分，经历了痛苦的幻灭的泰门自我放逐于雅典之外，过着隐居生活，咒骂人类，接待他以前所谓的朋友，最后，他在死亡中找到了庇护所。

在开场戏中，一位不知姓名的珠宝商带了一件珠宝准备卖给泰门，此时正在展示给绸缎商看；一位画师为了拍泰门的马屁，给他画了一幅画像，正向诗人展示；诗人总结了自己写的一首寓言诗的内容：命运女神召唤"身形像泰门"[1]的一个人。许多人都跟在他后面奋力攀登，但是

当命运女神心意转换，

把她的宠儿一脚踢下，

所有攀附其后、乃至手膝并用、

向着山顶奋力高爬的追随者，便任其飞坠而下，

1　本书所引《雅典的泰门》译文，均出自孟凡君译《雅典的泰门》，外语教学与研究出版社，2016年。个别地方有所改动。

无人步趋相随。

（第一幕，第一场，85—89行）

虽说这几句话没有给出任何人的名字，但实际上总结出了全剧的基本情节。这里说的就是，泰门先是得到命运女神的眷顾，当他千金散尽之后，趋炎附势者弃他而去了。

第一幕表现的是泰门出手大方、挥霍奢侈。他先是为朋友还债，赎其出狱，然后给一个仆人一笔钱，让他能够娶到自己心爱的女人。他收下了诗人、画师和珠宝商的礼物，厚赏了他们，还邀请他们及所有陪同人员一起用餐。有更多的老爷吹捧他，这些人满腹贪心，想从他手里得到更多的好处。在随后举行的盛大宴会上，酒足饭饱之后，他又送给客人更多的礼物，这让众人益发肉麻地奉承他。

不过，并非所有人都大唱赞歌。愤世嫉俗的哲学家艾帕曼特斯嘲笑那些马屁精，他说雅典人不厚道：

神明啊！让我伤心的是，多少人在吃泰门，而他却视而不见！看到那么多的人拿着肉，蘸着他的血而大啃大嚼，而他却对饕餮之徒殷勤相待。真真谵妄之极!

（第一幕，第二场，38—41行）

不过，尽管艾帕曼特斯这样认为，但起码有一个雅典人是厚道的，那就是泰门的管家弗莱维斯。他向我们透露——虽说没有向他的主人透露——泰门的钱正在不断减少。泰门的债主们开始嚷嚷着要账了。泰门还天真地认为，得过他恩惠的人会围过来，助他渡过难关，但是，在一个又一个有趣的讽刺性场面之后，他们暴露出真实面目。泰门失望至极，他让弗莱维斯请他们赴宴，还说"我和厨师自会招待他们"。客人到齐之后，债主们纷纷为自己催债而道歉，但这场戏迅速达到了反讽的高潮："开盖后盘中皆温水与石块"。泰门朝客人们的脸上泼水，把他们赶出了家门，他愤然离家出走，他的临别之言既标志着全剧到了转折点，也标志着他的性格彻底发生反转：

烧了吧，房屋！沉沦吧，雅典！从今往后，

泰门将痛恨所有的人类！

（第三幕，第七场，103—104行）

这场戏的结尾很好笑，仓皇失措的老爷们回来寻找他们刚才在慌乱中丢掉的东西。他们当中有个人用这样一句话结束了这场乱局："他昨天给我们送宝石，今天向我们扔碎石。"

抛弃了雅典之后，泰门发表了一篇措辞激烈的长篇演说，诅咒这个城市以及所有雅典人。在此期间，他像暴风雨中的李尔一样，全身脱得精光，他宣布：

> 你这可恨的城市，
>
> 我将赤条条地离去，不带走一丝一毫！
>
> （第四幕，第一场，32—33行）

他"将会发现，/ 林中最凶残的野兽，也比人类良善"。

在此剧的第二部分，模式化（patterning）比第一部分更加明显了。一开始，泰门的一些仆人——都是雅典人，尽管他诅咒城中居民——在言谈中都毫无私心地为他的没落而感到遗憾，还谴责了那些背叛他的假朋友。弗莱维斯宣布，他依旧忠诚于泰门："当我挣来金钱，还是他的总管。"

在这之后，这部剧差不多就是断断续续的独白了。从中可以看出，如今泰门在山洞里过穷日子，咒骂人类，尤其是雅典人，他还接待和训斥一个又一个访客，尤其是痛斥财富对人的腐蚀力量。为了活命，他在林中挖"草根"，结果发现了黄金。但如今黄金对他已毫无用处，与以往一样，他把它们都送人了。不过，他这次可不是用它们来施恩，而是去害人。他把黄金送给攻打雅典的武士艾西巴第斯当军饷，帮助他摧毁这座抛弃了他们的城市，他还送给了一对随军妓女，想通过传播花柳病来毁掉她们本人以及其他人。

这部剧最有戏剧性的邂逅出现在一场妙趣横生的戏中：愤世嫉俗的哲学家艾帕曼特斯曾诅咒过泰门周围的马屁精，如今，他又遇到了因丧失财势而倾泻反人类思想的泰门。两人绞尽脑汁，使尽了全身力气兴致盎然地互相羞辱，艾帕曼特斯对泰门现状的概括很精彩：

你从不晓人性中道，只知竭其两端。当你华服炫然、遍体喷香时，他们嗤笑你讲究摆谱；当你衣衫褴褛、孤苦无依时，他们又蔑视你不修边幅。

（第四章，第三幕，302—306行）

泰门认为人类就是一群野兽般的东西。最开始，两人只是斗嘴谩骂，到了后来，两人开始互掷石头。

沦落到野兽的地步后，泰门开始想一死了之，但他的苦难尚未结束。一群强盗来了，引发他发表一通长篇大论，从中可以看出，在他的想象当中，世上万物皆是鼠窃狗盗之辈：

太阳是贼，用它那强大的引力

去劫掠大海；月亮更是贼，

她那苍白的月华本是从太阳那里偷来；

大海是贼，她那澎湃的波涛

把月亮融成咸咸的眼泪；大地是贼，

它偷取粪便而自沃自肥，

每一样东西都是贼。

（第四幕，第三场，438—444 行）

泰门厌恶人类的思想在此表现得淋漓尽致；但管家弗莱维斯的再度出现却让我们想到，即便在雅典人当中，依然有人具有同情心、爱心和忠心，泰门的错误在于，他不

分青红皂白地谴责所有人。他迅速地、不太情愿地承认了
这一点：

> 永远清醒的神灵啊，原谅我的
>
> 片面、鲁莽和武断！我愿明白无误地宣称，
>
> 世上还有一个忠厚之人——只此一人，
>
> 别无其他——他是一个管家。
>
> 不管我怎样痛恨全人类，
>
> 你却已经得到豁免。但除你之外，
>
> 一切人类依然受到诅咒。
>
> （第四幕，第三场，496—502 行）

除了赠予这个"唯一的忠厚老实人"黄金之外，他还
给弗莱维斯下了一个愤世嫉俗的命令："对任何人都不要
怜悯。"

在他与艾帕曼特斯的骂战结束之际，泰门就说过，他
对"世上的一切深恶痛绝"，并且奉劝自己：

> 即刻备好你的墓冢，

葬身于海边，让海浪的碎沫日日拍打着

你的墓碑。

（第四幕，第三场，380—382行）

他远离人间的必然结果是进一步远离尘世，到死亡中
去寻求解脱；只有死亡才能带来他想要的东西。

我在健康和生活上的症结现在开始解开，

我死之后，更会全面解脱。

（第五幕，第二场，71—73行）

当他打发元老们返回雅典捎信之时，从他的话中可以
听出超脱尘世的奇声怪调：

泰门已经在大海之滨

建起了永久的府邸，

澎湃的波涛，带着簇簇浪花，

每天都来吞没一次。

（第五幕，第二场，100—103行）

剧本中并没有泰门死亡的情景。我们不知道是谁把他葬到他为自己准备的坟墓中——如果有人去埋的话。有位不识字的士兵发现了文字难解的墓碑，他用蜡从碑上拓下那些厌弃人类的铭文：

黯然魂已逝，痛哉尸且朽。

吾名休相问，灾疠灭尔俦。

生时厌尘世，既殁土一抔。

过者声声骂，遽尔勿淹留。

（第五幕，第五场，71—78行）

他把拓片带回了雅典，艾西巴第斯在讲话中对死者满怀同情，用谅解之词结束了这部厌恶人类的戏剧：

高贵的泰门，你虽然死了，

但永为后人铭记。

（第五幕，第五场，84—86行）

正如我在本章开头所述，我试图描述和评论这部剧本身，而没有太强调它的文本问题。但是，也许你想更多地了解本剧可能出现的合理保守的演出与现代版本之间的差异，我就说一说与它的文本背景相关的东西。

现在流传下来的唯一早期版本收录于首部莎士比亚戏剧集，即 1623 年的对开本。这个本子没有指出莎士比亚与他人合著此剧，但现代研究则毫无疑问地确定托马斯·米德尔顿与他合作写了这部剧，尤其是那些讽刺性的场景。这部剧显然是根据一份手稿印行的，在演出之前，需要对其进行大幅修改。舞台提示所提供的信息与文本的实际内容对不上号。人物身份不明确——有的地方给出了老爷的名字，但有的地方只称其为"老爷"，所以搞不清楚说话人是谁；在有的地方古代货币泰伦远比在别的地方更值钱；名字也经常多变；写作风格前后不一致，这么说虽然比较主观，但文中迹象很明显；诗体经常极不合规则。

证明该剧本尚未完成的最明显之处与艾西巴第斯这个人物有关。在先前的几场戏中，作者对他着墨不多，只说他是一名武士，泰门对他多有馈赠。等到了后来，泰门虚设豪宴之后，我们才看到艾西巴第斯情绪激动地为一个不知名的朋友请命，此人不知怎地杀了人。元老院拒绝了他的请求，并把他放逐到了国外。这场戏没有充分展开，与整体结构不太协调。

　　显而易见，剧本的残缺不全给剧院导演和剧评家带来很多问题，但也给他们带来了极大的自由。在这部剧相对较少的几次重演中，它被大篇幅重写，以便前后一致，顺理成章。它的社会讽刺性吸引了一些导演，他们利用时新的服装道具和场景去突出此剧与现代社会中的物质主义价值观之间的关系。在尼古拉斯·海特纳（Nicholas Hytner）2012年执导并于国家大剧院上演的剧中，西蒙·罗素·比尔（Simon Russell Beale）扮演的泰门一开始在举办豪华的宴会，庆祝泰门艺廊在国家艺术馆开张，到了最后，我们看到他成了无家可归的市民，推着超市手推车，出现在都市的废墟中。

第十章

《安东尼与克莉奥佩特拉》

无论就哪一方面而言，《安东尼与克莉奥佩特拉》都是一部伟大的戏剧杰作，它诗意盎然，想象丰富，人物表现深入，心理把握到位，包含讽刺喜剧因素，最后，它还富有悲剧的雄浑气象。它的反讽效果在一定程度上源于如下事实：剧中主要人物不太希望我们认同他们（正如我们在某种程度上可能会认同罗密欧与朱丽叶、哈姆莱特、奥瑟罗与苔丝梦娜，甚至麦克白和李尔王），而是希望我们带着敬畏的、有时还是愉快的惊奇心理去看待他们——惊奇于安东尼何以迷恋"这个叫人神魂颠倒的女王"，而他心里很清楚，他本应"割断情丝"，"挣脱"她；惊奇于安东尼的部下艾诺巴勃斯——在他背叛安东尼之前，他一直是本剧上半部分的评论者——为何称克莉奥佩特拉拥有"无穷的变化"。他们被写得很夸张，他们的行为方式不但让我们、他们的同伴感到吃惊，有时甚至让他们本人都很吃惊。当安东尼与克莉奥佩特拉怄气的时候，他说自己要是没见过她该有多好，艾诺巴勃斯说起她的时候，就像旅行社的导游对某位不想参观某个世界奇观的游客所说的话："啊，主帅，那您就要错过这人间的尤物了，失去这般眼福，那您这样阅历丰富的行者也是徒有虚名了。"[1]（第一幕，第三场，145—147 行）

从历史内容上讲，这部剧相当于《尤力乌斯·凯撒》的续篇，正如《亨利五世》是《亨利四世》（下）的后续一样，前一部剧中的一些人物也出现在这一部剧中，最显著的有马克·安东尼和屋大维·凯撒。然而，这两部剧在基调、文字风格、史料处理以及想象力方面大有不同，因此，不宜将二者相提并论，而且，它们很少被放在一起演出。《尤力乌斯·凯撒》的文字风格相对朴实、"古雅"、适度、婉约，而《安东尼与克莉奥佩特拉》的文字风格则是巴洛克式的、华丽繁复的，正如鲁本斯（Rubens）的绘画有别于皮拉内西（Piranesi）的铜版画。该剧用词丰富，这就意味着无论就它的创作初衷而言，还是就它的演出状况而言，它既适合剧场演出，也适合阅读。

与《尤力乌斯·凯撒》一样，《安东尼与克莉奥佩特拉》主要取材于普卢塔克的《希腊罗马名人传》，不仅内容如此，甚至语言上也借鉴了托马斯·诺思的英译文，显而易见，莎士比亚对这个英译本十分着迷。甚至有些刻意追求诗意的片段，例如艾诺巴勃斯对画舫里的克莉奥佩特拉的著名描述（劳伦斯·阿尔玛—塔德玛爵士［Sir Lawrence Alma-Tadema］绘；见图 8），就是在模仿诺思的散文。他写道：

艉楼是镀金的，帆是紫色的，桨是银色的，船桨和着画舫上的笛子、双簧管、西特琴、提琴以及其他乐器发出的乐音，来来回回地划动。现在说一说她本人：她斜倚在金丝幔帐中，衣着酷似画中常见的维纳斯女神，左右都有娇童伺候，穿着打扮很像画中的丘比特，手里拿着扇子，为她扇风驱暑。还有贵妇和侍女，其中最漂亮的打扮得很像海神的女儿们，也像美惠三女神，在她们当中，有人掌舵，有人负责照管帆索和缆绳。画舫里散发出阵阵异香，飘到了万头攒动的码头上。

图 8. "驳船上的克莉奥佩特拉"。劳伦斯·阿尔玛–塔德玛爵士（1836—
　　　1912）绘

在普卢塔克的作品中，这段文字写的是克莉奥佩特拉如何让安东尼一见倾心。而莎士比亚把它放在了描写克莉奥佩特拉喜怒哀乐的文字之后，将普卢塔克生动的散文变成了香艳撩人、诗意盎然的幻景，再由艾诺巴勃斯说出来——此人总体上是怀疑主义者，甚至是愤世嫉俗之人——效果更甚：

她乘坐的那艘画舫就像一尊发光的宝座，

映在水面上像一团熊熊燃烧的烈火；

舻楼是用黄金铸造的，船帆是紫色的，

熏染的香氛，逗引得风儿也害起了相思；

船桨是银色的，和着笛声的节奏

在水面拍打，似乎感染了痴心的水波，

加快速度，紧追不舍。至于她本人，

美得简直无法形容：她斜卧在

用金线织成的锦绸幔帐之内，比画家笔下

栩栩如生的维纳斯女神还要娇艳；

在她两旁站着脸蛋儿上带酒窝的小童，

就像一群微笑的丘比特，手里执着

五彩缤纷的羽扇，扇出来的凉风，

本来是要吹拂她柔嫩的面庞，反而使得她的

双颊变得格外妖艳绯红。……

她的侍女们，就像海中神女，

一群海上的仙子。她的每一个眼神

都让她们如众星捧月般尽心服侍；

她们那窈窕俯身之姿让眼前的景象美轮美奂。

一个鲛人装束的女郎在把舵，光滑的帆具

在那纤纤玉手灵巧的拨弄下，鼓胀了起来。

奇妙的幽香从船身散发出来，

在附近的河岸弥漫，引来倾城的百姓

朝着女王瞻望。……

（第二幕，第二场，198—221行）

这部剧的独特之处在于，在艾诺巴勃斯讲述了这幅迷人景象之后，便出现了阿格里帕对克莉奥佩特拉之前与凯撒私通——她给凯撒生了一个儿子——的粗俗反思：

这戴王冠的风流娘儿们！

她竟能够让伟大的凯撒解下佩刀

弃在床旁。他播种，她便结出了果实。

（第二幕，第二场，233—235行）

《安东尼与克莉奥佩特拉》涉及两个世界：克莉奥佩特拉的埃及和马克·安东尼的罗马，它既讲了二者之间的联系，也讲了二者之间的对比和紧张状态。它的风格经常是夸张的，它的叙事范围广，想象辽阔，很容易让设计者把它当成某种好莱坞式的史诗片，要求制造具有视觉震撼力的布景和大规模的群演场面。的确，剧中时不时地有武将们"率军队"上场，但是，在莎士比亚的舞台上，他们只能让少数几位临时演员当代表，而且，就某些方面而言，这是一部室内剧，大部分剧情只在少数人之间和私密空间之内进行。根据它改编的唯一故事片是由查尔顿·赫斯顿（Charlton Heston）主演的（电影剧本也出自他手；1972），不太成功；场面壮观的好莱坞史诗大片《埃及艳后》（1963）由理查德·伯顿（Richard Burton）和伊丽莎白·泰勒（Elizabeth Taylor）主演，并非取材于莎士比亚的戏剧。

不过，主要人物当然要有所夸大，即便我们看到他们轰轰烈烈的政治生涯走向穷途末路。这是一部主要表现历史人物个体的戏剧，表现的是他们的个性，而不是他们作为世界领袖所参与的政治。这样一来，比起莎士比亚的其他悲剧，这部剧就不太容易被改写，以便反映演出时代的历史。《尤力乌斯·凯撒》和《科利奥兰纳斯》都可能与后世的政治扯在一起，但是，《安东尼与克莉奥佩特拉》却极少被改编成现代题材进行演出，而且演出也很不成功。

与《罗密欧与朱丽叶》一样，这是关于一对恋人的悲剧，但是，在前一部剧中，那对恋人是处于初恋苦恼中的十多岁的青少年，而在这部剧中，这两人却是一对心理成熟、经验丰富的鸳鸯，是情场上的常胜将军。剧情伊始，安东尼娶的是富尔维娅，后来，让克莉奥佩特拉失望的是，他再娶了屋大维娅——虽说不可否认，这次婚姻是出于政治考量，而非源于激情。

无论是在戏剧结构上还是在叙事手法上，两剧都有很大不同。命运导致罗密欧和朱丽叶死在一起（生不同衾死同穴），但历史叙事却要求安东尼和克莉奥佩特拉死在不同的地方，死在不同的环境之下，他死得要比她早得多（按照舞台安排），而且两人都是被逼自杀，不过原因各不相同。朱丽叶之死是偶然，克莉奥佩特拉之死则是出于自愿，至少有一部分动机是出于她对安东尼的爱——尽管我们也可以认为，是出于自尊。罗密欧之所以自杀，是因为他以为朱丽叶已死，而安东尼自杀，则是出于战败的耻辱，同时也因为他误信人言，以为克莉奥佩特拉已死。《罗密欧与朱丽叶》的剧情主要发生在维罗纳，而《安东尼与克莉奥佩特拉》的剧情不断地在埃及和罗马这两个截然相反的地点移动，埃及与自由、暖玉温香联系在一起——"我的快乐是在东方"，安东尼如是说——罗马则与自我约束和朴实无华联系在一起。还有，与先前的爱情-悲剧一样，《安东尼与克莉奥佩特拉》也有震撼人心的喜剧因素，但是，在这部剧中，喜剧因素遍布整个剧情，提供了一个经常带有反讽意味的、有时还很幽默的自我批评视角，而不像前一部剧作，当（多个）悲剧高潮隐约出现，喜剧因素就减弱了。

该剧的剧情不拘泥于一个地方，是戏剧结构和莎士比亚时代的舞台演出传统促成的，那时候的舞台不拘泥于写实主义舞台布景，可以迅速转移。（编者添加的幕间休息模糊了剧本的这一特色。）传递消息的信差和使者在埃及与罗马之间不断地往复，推动了场景的转变。他们给安东尼带来了罗马的消息，以及他的部队独自在外作战的消息，这让在亚历山大沉迷于酒色的安东尼羞愧难当。他们告诉罗马的屋大维·凯撒，安东尼在亚历山大如何花天酒地，而他的敌人庞培则实力大增。安东尼洒泪痛别情人返回罗马之后，他派人给她带去书信和礼物，而她同时向他派了"二十几个送信的人"。可是，出于政治需要，他不得不另娶他人。

　　一个不幸的信差承担了这个倒霉的差事，他告诉克莉奥佩特拉，远在罗马的安东尼出于政治需要，娶了屋大维的姐姐屋大维娅——这位女士"圣洁、内向而冷静"（第二幕，第六场，122—123 行），但有人说她与弟弟暗中乱伦，这个时候，剧情迎来了高潮。这位信差绕了好大一个圈子，终于说出这个不幸的消息：

信差：他已经被屋大维娅束缚。（译按：暗指结婚，下文克莉奥佩特拉把它误解成了"欠债，应尽义务"）

克莉奥佩特拉：　　他要尽什么义务？

信差：要在鸳鸯床上尽最好的义务。

克莉奥佩特拉：　　我的脸色变得惨白了，查米恩。

信差：娘娘，他娶屋大维娅做女人了。

克莉奥佩特拉：　　让你染上那最可怕的瘟疫！

　　　　　　　　　　将他打翻在地

信差：好娘娘，请息怒。

克莉奥佩特拉：　　你说什么？

　　　　　　　　打他

滚，可恨的恶棍！否则我要把你的眼珠

放在脚前当球踢！还要拔光你的头发！

　　　　　将他拽起又按倒

我要用钢丝鞭打你，用盐水浸泡你，

让你泡在里面慢慢地活受罪！

（第二幕，第五场，58—66行）

"我不过是报告一个消息而已，我又没有做媒，"信差说。克莉奥佩特拉朝他扔刀子的时候，他自然立马躲开。在后面的一场戏中，他被叫回来报告屋大维娅的情况：

克莉奥佩特拉：她跟我一样高吗？

信差：　　　　　　　　她可比您矮，娘娘。

克莉奥佩特拉：听见她说话了吗？她的声音是尖细的，还是低沉的？

信差：娘娘，我听见她说话了，她是个低嗓门。

克莉奥佩特拉：那没什么好的：他不会喜欢她太久。

（第三幕，第三场，11—14行）

这都是精彩的喜剧性描写，是献给演员的礼物，里面充满了细致入微的描写，活画出女主人公性情多变的特征，克莉奥佩特拉由此成为莎士比亚最伟大的喜剧性的，同时也是最伟大的悲剧性的女主人公。

安东尼逃出罗马回到克莉奥佩特拉身边，促成亚克兴大海战。安东尼战败，颜面扫地，这也是信差带来的消息；信差们代表这对恋人与屋大维谈判并回来报告说，屋大维愿意和克莉奥佩特拉达成协议，只要她让安东尼走人或者处死安东尼。有位信差替克莉奥佩特拉作保，只要她"把（她的）王冠"放在屋大维的脚下，当安东尼发现他吻了克莉奥佩特拉的手，便赏了他一顿鞭子；信差告诉已经背叛安东尼的艾诺巴勃斯，他的主公宽宏大量，送来了他的所有财宝。信差们按照克莉奥佩特拉的指示告诉安东尼她已自尽，后来又有信差坦白真相，说这原本是她玩弄的心计，但为时已晚；信差们将安东尼自杀的消息告诉了屋大维，并代表克莉奥佩特拉询问获胜的屋大维，他俘获她之后会如何处置她。他们再次向她保证屋大维会善待她，同时又偷偷地把她看管起来；最后，他们告诉她，屋大维将把她作为战利品带回罗马，游街示众。这些信差有的有名字，有的没有名字，他们的出现制造出一种持续的运动感和紧迫感，推动了剧情的发展，如果没有使用信差，剧情就会变得松散和没有情节性。

和《罗密欧与朱丽叶》一样，这是一部双重悲剧，但在这部悲剧中，这对恋人死于不同的时间和空间。马克·安东尼死在克莉奥佩特拉之前，他误信对方已自杀，期待与她永远幸福地在一起：

> 在那灵魂卧伏在花丛中的乐园里，我们手挽着手，
> 愉悦快活的风姿引得幽灵们凝神注目。
> 狄多和她的埃涅阿斯将失去他们的追随者；
> 他们都来把我们簇拥。
>
> （第四幕，第十五场，51—54行）

这部剧的双重高潮会让人感觉到它表面上结束后，又得重新开始，但是，支撑剧情的最后阶段的在一定程度上是意外的情节变换以及如下事实：克莉奥佩特拉极度不可预测。弥留之际的安东尼被抬到了她的面前，此时她身在代表陵墓的舞台高处，安东尼的崇高死亡引发她从宇宙的

角度去哀悼：

> 啊，瞧，我的姑娘们，
>
> 大地的冠冕熔化了。——我的主君？——
>
> 噢，战争的花环就此枯萎了，
>
> 将士的旗杆就此倒下了：孩童
>
> 现在与成年人等量齐观；伟大与渺小间的差别
>
> 已不复存在，月亮普照下的人间，
>
> 再没有卓越非凡的人物了。
>
> （第四幕，第十六场，64—70行）

说完她就倒下了，侍从们还以为她也死了，结果她又苏醒过来，着手埋葬安东尼，她还期盼着自己的丧事按照"最庄严、最高贵的罗马仪式来办"。屋大维简直难以相信安东尼已死：

> 宣布这样一个重大的消息，应发出
>
> 如天崩地裂般的巨响。
>
> （第五幕，第一场，14—15行）

他为老对手的死亡而流泪。当他听说克莉奥佩特拉已经退居陵墓并且想知道自己将如何处置她，他承诺对她以礼相待。但他的信差普洛丘里厄斯哄骗她，防止她为了免受献俘罗马、游街示众之辱而当场自杀。

屋大维派来的另一位信差道拉培拉前来看管她，她发表了对安东尼最后的赞词，这段话很精彩、很理想化，她把他想象成征服一切、慷慨大方、半人半神、原本只存在于想象中的人物：

他叉开双腿横跨大洋，他高举手臂冠顶大地；
他声出似天籁，用这天体和鸣般的美妙天乐
跟朋友轻声漫语；可当他震怒发威、
震颤大地时，他就像隆隆的雷鸣。
在他那慷慨仁慈的国度里，没有萧瑟的冬天；
只有收获不尽的硕硕金秋。欢愉
让他凌空而起，俯视尘世，有如海豚
纵身一跃，跳出水面。那些国王和王子们
在他的仆从行列里前拥后簇，一个个
王国和岛屿就像不小心从他口袋里

掉出来的银币。

（第五幕，第二场，81—91 行）

当她得知屋大维要在凯旋仪式上将她示众时，她屈辱地跪了下来，交上了一份财产清单，用她自己的话说，她的全部金银珠宝都记录在案。但这次她又说谎了。她的司库塞琉克斯揭发她藏起来的不少于交出来的，于是，克莉奥佩特拉带着旧恨使劲攻击他："我要追你那双眼睛到天涯海角，/ 就算它们生了翅膀也没用。"她心里很清楚，如果她跟着屋大维回罗马，他会把她带去游街示众，任人嘲笑：

> 安东尼将以醉汉形象踉跄登场，
> 克莉奥佩特拉将变身尖嗓子的童孩，
> 威严的女王将成为卖弄风骚的妓娼。

（第五幕，第二场，214—217 行）

她开始准备自我了断。如果屋大维将她俘至罗马，她必将受辱，一想到这里，她就准备带着无与伦比的自尊去死：

> 我是火，我是风；我身上的其余元素就随我的肉体
>
> 同归于腐朽吧。

（第五幕，第二场，284—285行）

但莎士比亚还要给我们带来一件令人惊奇的事情。受她委托的一个"乡下佬"给她带来了致命的毒蛇，这种毒蛇会带她赴死。这人上来后说自己带来的只是无花果，在一个怪异的、小丑式的幽默片段中，他祝愿"这条虫儿能让您欢喜"。他离开后，侍女捧来"王袍、王冠与珠宝"，克莉奥佩特拉将毒蛇放在了手臂上，带着一种超然的，但反讽意味十足的自豪死去了：

> 嘘，嘘！
>
> 你没看见我怀里的宝贝儿在吮吸我的乳汁，
>
> 要让他的乳娘就这么安然睡去吗？
>
> **查米恩：** 　　　　　啊，心碎了！啊，心碎了！
>
> **克莉奥佩特拉：** 多么香甜啊，像香膏；多么轻盈啊，像
>
> 微风；多么温柔啊。——

噢，安东尼！

　　取另一毒蛇置手臂上

　　好啦，我把你也拿出来吧。

我还有什么可留恋呢——

　　死

查米恩：难道还要留在这癫狂的世上吗？好吧，再

　　会吧。——

　　死神哪，你现在炫耀吧，一位风华绝代的佳人

　　躺在了你的怀里。

　　　　　　　　　（第五幕，第二场，303—310行）

正如安东尼期待与克莉奥佩特拉永远幸福地在一起，克莉奥佩特拉也把死亡视为他们之间关系的顶点而非终点：

　　　　　我仿佛听到了

　　安东尼的召唤；我看见他起身，

　　夸赞我的高贵举动。我听见他在嘲笑

　　凯撒一时的运气，天神先让人

交了好运，日后这幸运会成了

他泼洒愤怒的由头。——我的夫君，我来了！

（第五幕，第二场，278—282行）

所以说，对于这对情人而言，这出悲剧像喜剧一样结束了，两人有望结婚——但不是在坟墓中。

第十一章

《科利奥兰纳斯》

　　《科利奥兰纳斯》被认为是莎士比亚的最后一部悲剧（据推测，他本意并非如此），为了创作这部悲剧，莎士比亚再次到古罗马历史中寻找题材，求助于托马斯·诺思翻译的普卢塔克的《希腊罗马名人传》。他再次描写了一位英勇的武将，其个人命运与国家命运紧密相连，正如此前的悲剧人物泰特斯·安德洛尼克斯与麦克白一样，但是，无论在主人公的性格刻画上，还是在戏剧的结构与基调上，他都再次避免与以往的作品重复。正如他在《安东尼与克莉奥佩特拉》中所做的那样，他描绘了一个独具特色、心理复杂的个体人物，而不是一位貌似普通人的主人公。

　　关于这部剧作的诗体风格，T. S. 艾略特在《科利奥兰》一诗的开篇暗中有所描绘：

石头、青铜、石头、钢铁、石头、橡树叶，马蹄嘚嘚
轻敲路面。

战旗。军号。还有许多鹰。

从特征来看，它同《安东尼与克莉奥佩特拉》截然相
反，它错综复杂、冷峻、朴实、思想缜密，毫无感情奔放
可言。但与以往一样，幽默的加入让人物对白变得有趣起
来——有时是说话人蓄意为之，但转弯抹角和正话反说的
情况也很常见。剧中的讽刺因素确实十分突出，萧伯纳用
他所常用的悖论手法揶揄地说，这是"莎士比亚最成功的
喜剧"。

科利奥兰纳斯是公元前 5 世纪战功赫赫的罗马武将，
正如此剧开头几场所提到的那样，卡厄斯·马歇斯（也就
是马琉斯）是他的原名，而"科利奥兰纳斯"是绰号，即
荣誉称号。他之所以得名如此，是因为，正如剧中生动描
写的那样，年轻的他征服了罗马以南的科利奥里城。（有
点像打赢阿莱曼战役的蒙哥马利元帅获得"阿莱曼的蒙哥
马利子爵"这一称号。）科利奥里城属于伏尔斯人的地盘，
其首府为安丁姆。

这既是一部政治剧，也是一部个人剧，在后来多个历史时期，人们很容易把它和国家大事扯在一起，尤其是把它和统治者-被统治者关系扯在一起；它还对一个复杂的个体人物进行了深刻的心理研究，这个人陷入极为纠结的个人关系网当中而无法自拔，这些个人关系反映了人生的基本境况。

莎士比亚着力描写具有严重恋母情结的主角的内心生活，这一点显然受到了普卢塔克传记的开篇的刺激，这段文字描写了这个人物的性格以及他矛盾的天性，读起来很像学校里的精神病医师的报告：

我们现在要为其作传的卡厄斯·马歇斯，幼年丧父，由寡母抚养成人。这位寡妇的经验告诉我们，幼年丧父会给孩子带来很多麻烦，但这并没有阻碍他成为一个诚实的人，品德高于普通人：虽然有些人品低劣的坏蛋，乐于用未成年时期的不幸遭遇和疏于照应，作为他们堕落和腐败的借口。就罗马人的理论而言，马歇斯是货真价实的见证，他们认为慷慨和高贵的天性要是没有适当的训练，就像肥沃的土地没有经过耕耘一样，即使种植适当的作物，收获的成果还是有许多的瑕疵和缺失。由于这个原因，马歇斯的禀赋和高尚心灵激发起他有担当并行动光明磊落的勇气。但另一方面，由于教育不足，他脾气暴躁，缺乏耐心，他目无余子，不向任何人低头：这使得他脾气坏、粗鲁，完全缺乏与人协调的能力。[1]

　　莎士比亚在描写他的英雄——或"反英雄"？——之时，主要把他与三类人物联系起来。他们分别是罗马人、科利奥里人以及他的家人。代表罗马人的主要是两位保民官西西涅斯·维鲁特斯和裘涅斯·勃鲁托斯，他们是民选的领袖人物，对罗马人有着巨大的影响，虽说这种影响并非全部有益。科利奥里人（伏尔斯人）的领袖是塔勒斯·奥菲狄乌斯，他是科利奥兰纳斯的主要对手，但科利奥兰纳斯与他的关系可谓爱恨交织，很容易被解释成同性爱欲。科利奥兰纳斯家族的主要代表不是他的妻子维吉利娅，而是他的母亲伏伦妮娅，这一点很重要。

　　与《尤力乌斯·凯撒》类似的是，这部剧一开局就

---

[1]　这段译文部分引自席代岳译《希腊罗马英豪列传》(II)，安徽人民出版社，2012 年。

展现了紧张激烈的场面，描写了罗马市民的叛乱：他们把粮食短缺造成的饥馑归咎于统治罗马的贵族阶级的贪婪。（在这里，莎士比亚似乎在反思他所在的那个时代当地的时事。）老百姓把卡厄斯·马歇斯（未来的科利奥兰纳斯）当作他们的"死对头"[1]，"祸害大伙儿的恶狗"。他们将话题迅速转移到他的身上，议论他为国效力、立下战功的内在动机，其中有人说，这并非出自真正的爱国主义，而是出自个人的自豪感与"讨母亲的欢心"的愿望的混合，这就引出了位于本剧核心的心理学问题。

贵族米尼涅斯是马歇斯一家的密友，不过，正如有位市民所承认的那样，此人"向来爱护百姓"。他利用和善的手腕安抚市民，让他们相信贵族的所作所为代表了他们的利益。然而，马歇斯一上场就得罪人。他发表长篇大论，训斥他们是"不安生的恶棍"，如果他得势，就把他们全杀了。他刚刚轻蔑地宣布城市当局任命了五位保民官，以西西涅斯·维特鲁斯和裘涅斯·勃鲁托斯为首，代表平民利益，就在这时，有消息传来说罗马的敌人伏尔斯人起

1　本书所引《科利奥兰纳斯》译文，均出自邵雪萍译《科利奥兰纳斯》，外语教学与研究出版社，2016 年。个别地方有所改动。

兵进犯罗马城，领头的正是塔勒斯·奥菲狄乌斯——马歇斯称其为"让我非常自豪与之交手的敌人"。两位战将之间错综复杂、爱恨交织的关系将会主导后面的剧情。

目前为止，我们已经见识了马歇斯最坏的一面。为了描绘普卢塔克所说的"他有担当并行动光明磊落的勇气"，莎士比亚为这部剧构思出了有原创性的结构特色。通常来讲，正如在《理查三世》《尤力乌斯·凯撒》和《麦克白》中出现的情况那样，战争场面代表了剧情的高峰，但在这部剧中，莎士比亚为了证明科利奥兰纳斯有勇无谋，缺少政治手腕——这一特点经常让人把此剧与后世联系起来，即伟大的军人告别战场后，严重不适应和平时代——在剧情开始不久的战斗场面中就得渲染他的赫赫武功，表现他的绝世英勇。他的上司考密涅斯将军把自己的战马赏给他，还授予他"科利奥兰纳斯"这样的荣誉称号。

莎士比亚同时还刻画了剧中的另一主要人物群体：科利奥兰纳斯的家人。从弗洛伊德学说的角度来看，科利奥兰纳斯对伏伦妮娅有恋母情结，这并非过分之词。我们首次见到伏伦妮娅是在家庭场景中，她和科利奥兰纳斯的妻子维吉利娅以及他们的儿子小马歇斯在一起，这个孩子的性格酷似其父——有人说他将蝴蝶撕成了碎片，这一片段是莎士比亚虚构的，比较深刻地描绘了罗马人的价值观，很有讽刺力量。在伏伦妮娅的首次对白中，她吹嘘说，她一直乐于让儿子"以身涉险博取荣名"。儿媳维吉利娅问她，如果儿子战死沙场，她该怎么办，老太太回答说："那他的美名就是我儿子……就算我有一打儿子，喜欢他们就像喜欢亲爱的马歇斯一样，我也宁愿十一个儿子光荣地为国捐躯，不愿有一个耽于声色，一事无成。"马歇斯的妻子听得垂头丧气，准备告退，但老太太坚持让她留下来，接着，老太太又来了一大段对白，想象着两军将领交锋的情景，活画出战斗双方的姿态和动作：

> 我好像听到你丈夫的鼓声传来，
>
> 看见他扯住奥菲狄乌斯的头发把他拖下马，
>
> 伏尔斯人一见他，就像小孩见了熊似的避之不及。
>
> 我好像看见他这样顿足高呼：
>
> "冲啊，你们这些懦夫！你们虽说是罗马人，
>
> 却是在恐惧中怀上的。"他用
>
> 戴护甲的手揩着血淋淋的额头，勇往直前，

如同割稻的农夫，生怕割不完稻子

就拿不到工钱。

（第一幕，第三场，31—39行）

维吉利娅自然害怕地说：

他那血淋淋的额头！诸神之王朱庇特！别让他流血！

（第一幕，第三场，40行）

这句话再次刺激了伏伦妮娅：

去，你这傻瓜！那血比耀眼的胜利纪念碑

更能显示他的男子气概。

（第一幕，第三场，41—42行）

在这场戏中，莎士比亚显然热衷于描述一个异国社会的价值观。他似乎在问：做出这种行为的，究竟是什么样的人？他们在生活中秉持什么样的价值观？他们的价值观将他们逼到什么样的困境当中？究竟是什么原因让一位大英雄如此鄙视他的同胞，让他无法对他们以礼相待？为何这样一个伟大的军人会沦为彻底失败的政治家？

　　循着这样一条思路，莎士比亚生动地描绘了马歇斯的种种举动：当他手下的士兵在敌军面前撤退时，他咒骂他们，并威胁说，如果他们不向前冲，他就会向他们开战。当他杀入敌军城门时，他敦促他们跟进，但他们不肯，结果城门关闭，马歇斯被困在里面。败局似乎已定，泰特斯·拉歇斯将军说的那番话相当于他的墓志铭，但他再次上场了，"流着血，遭敌人袭击"。经过多次遭遇战，洒了更多的血，他拥抱上级考密涅斯将军，他的颂扬之词揭示出本剧的心理学潜文本：将战争与做爱联系在一起：

　　　　噢！让我
用求婚时那么强壮的胳臂，
用新婚之夜花烛照我入洞房时的喜悦心情
拥抱您！

　　　　　　　　　　　　（第一幕，第七场，29—32行）

　　马歇斯发起反击，想同伏尔斯人的头领奥菲狄乌斯直

接较量。两人见面后，对骂一番。只是因为"若干伏尔斯
人"过来帮忙，奥菲狄乌斯才得以幸免于难，"马歇斯一
直打到他们上气不接下气地逃走"。这让奥菲狄乌斯对马
歇斯恨之入骨，他说，为了干掉马歇斯，他不惜采取任何
手段：

> 不管在哪儿找着他，
>
> 就算他在我家，有我兄弟护着，
>
> 我也要违反待客之道，
>
> 当场挖出他的心来。

（第一幕，第十一场，24—27行）

在这场戏过后好久，我们才会再次见到奥菲狄乌
斯——在后面的那场戏中，科利奥兰纳斯背叛了罗马同胞，
投奔奥菲狄乌斯，为过去的死敌效力。现在，马歇斯不情
愿地接受了将士们的赞词，包括"科利奥兰纳斯"这一荣
誉称号，便溜到一边去洗脸上的血迹了。

莎士比亚确立了科利奥兰纳斯能征惯战的武将形象。
如今他开始寻求执政官的高位了，尽管母亲和朋友们都劝

他为人处世圆滑些，但他过于明显地表露对市民的蔑视，因此，在自私自利和善于操纵的保民官的煽动之下，罗马百姓群起而攻之；由于百姓指责他行事专横，他失去了自我控制，诅咒他们：

> 让地狱最底层的烈焰吞掉这些民众！
>
> （第三幕，第三场，71 行）

毫不奇怪，科利奥兰纳斯与他鄙视的百姓之间的这场罗马内讧愈演愈烈，到了后来，他们将他逐出城外，科利奥兰纳斯无比愤怒，他宣称自己也要将他们驱逐出罗马：

> 你们这群狂吠的贱狗！我痛恨你们的气息，
> 就像痛恨烂沼的臭气。你们的好感对我来说
> 就是没下葬的尸骸，
> 腐烂了污染我的空气。我驱逐你们。
> 你们和自己飘摇不定的心性待在这里，
> 被每句靠不住的谣言吓得魂飞魄散吧！
>
> （第三幕，第三场，124—128 行）

他昂然而去，说道：

> 　　　　我蔑视
> 这个城市。我就这样转身离开，
> 另外还有一个世界。

（第三幕，第三场，137—139行）

　　这是本剧的首个重大转折点，莎士比亚以极为细腻的心理描写顺利地通过了这个转折点。科利奥兰纳斯离开罗马，进入敌人的地盘——伏尔斯人的都城安丁姆，"衣衫褴褛、乔装蒙面"，思考着自己改换门庭之举：

> 噢，世事真是变化无常！适才还是刎颈之交，
> 好像两人的胸中只有一颗心，
> 醒也好、睡也好、吃也好、玩也好，
> 全在一块儿，像双胞胎那样情投意合，
> 密不可分。可还不到一个钟头，
> 因小事起了争执，就会变得
> 不共戴天。同样，最痛恨彼此、

为设法整垮对方夜不成眠的仇家，

也会因为偶然的际遇，

或是一件微不足道的小事变成密友，

结为儿女亲家。我就是如此。

我恨自己的故国，爱这个

敌对城邦。我要进城。如果他把我杀了，

那也非常公道；要是他收留我，

我就为他的国家效力。

（第四幕，第四场，12—26行）

　　这里并没有指出姓名的"他"，自然就是科利奥兰纳斯的主要敌人奥菲狄乌斯。两人一见面，科利奥兰纳斯就提出要为对方效力，攻打他"腐败的祖国"罗马以报仇雪恨，如果奥菲狄乌斯不敢收留他，他愿意因为曾经给伏尔斯人造成重大伤害而引颈就戮。奥菲狄乌斯发表了一通思想敏锐的对白作为回应，这段对白证明了爱与恨的距离是多么贴近，也充分证明了现代演员为这两个角色进行的同性爱欲阐释是完全有道理的：

　　　　让我

用双臂抱住你的身体，

我的榉木枪柄在你身上弄折过一百次，

溅出的木屑把月亮都擦伤了。我现在抱着

　　　　　　（他拥抱科利奥兰纳斯）

自己劈砍过的铁砧，争着

向你表示热烈真诚的友谊，

就像过去雄心勃勃要

和你比拼勇力一样。要知道，

我热恋过我娶的姑娘，为她叹的气

比谁都真挚。可如今见了你，

你这高贵的英雄，我这颗狂喜的心

跳得比初见恋人成为我的新娘，

跨进我家门槛时还厉害。

　　　　　　（第四幕，第五场，107—119行）

他告诉科利奥兰纳斯，他每晚：

做梦都梦见和你交手。

在梦中我们一起倒在地上,

卸着彼此的帽盔,掐着彼此的脖子,

等到梦醒都白白累个半死了。

(第四幕,第五场,124—127行)

他们结为同袍,退场。

罗马国泰民安的局面被打乱了:有传言说,科利奥兰纳斯与奥菲狄乌斯联手进犯罗马,一路烧杀抢掠。剧中还有一个片段讽刺了罗马百姓,他们说:"俺们是心甘情愿地答应放逐他,可那不是俺自个儿的主意。"他们还宣称,"俺早说俺们放逐他不对了"。

奥菲狄乌斯与副将的那场戏显示,伏尔斯人的领袖虽然钦佩马歇斯的勇敢,但他对政治形势的认识还是很清醒的。他对化敌为友的马歇斯作出了不偏不倚的评估,这番话很像出自一位客观的观察者之口,足以充当马歇斯的第二篇墓志铭,虽说他此时尚在人间:

我想他对罗马,

就像鱼鹰捕鱼,靠天性

就能使它就范。他本是

他们的忠仆，可是不会

安享尊荣。也许是他

向来一帆风顺，养成了自大的脾性，

带来了人格的缺陷；也许是他断事不明，

不懂怎么利用

到手的机会；也许是他本性使然，

无法适应

从战场到元老院的转变，

用治军的严厉

来治世。这些缺点他未必都有——

可其中一个，不是全部，我敢说——

会让人对他又怕

又恨，甚至让他遭到放逐。别人刚想提他的功劳，

又只好闭口不言。我们的美德

的确靠世人评说。

有权有势固然弥足称道，

可权势的葬身之地

远不如先前的宝座荣耀。

（第四幕，第七场，33—53行）

他最后透露说，尽管他声明自己钦佩甚至爱戴科利奥兰纳斯，但他依然视之为敌人：

> 卡厄斯，等你征服全罗马，
>
> 就成了穷光蛋，到时候别想逃出我的手心。
>
> （第四幕，第七场，56—57行）

科利奥兰纳斯未能"掩盖（他的）天性"，（如他母亲所愿）向罗马百姓让步——也就是说他的刚正不阿——不无矛盾地要求他装出痛恨他所爱的人的样子。他倾听了许多人的请求，最先是米尼涅斯的请求，此人称科利奥兰纳斯为自己所爱之人，视之为己出，但他后来空手而还。

> 奥菲狄乌斯，这个人
>
> 是我在罗马的好朋友，我怎么待他你都看到了！
>
> （第五幕，第二场，92—93行）

不过，接下来就出现了本剧中最令人动情的场面（第五幕，第三场），在这场戏中，科利奥兰纳斯不得不倾听

他母亲、妻儿，以及妻子的朋友凡勒利娅等人罢兵息战
的请求，他们不仅代表自己而且代表罗马前来发出吁请
（图9）。这场戏很长，在这场戏中，科利奥兰纳斯竭力压
制自己的天性，继续假装自己能够放弃他的个人忠诚与对
国家的忠诚。见到自己的家人迫使他产生更为真实的自我
认识：

> 我要是被温情融化，就不比别人
>
> 刚强了。

（第五幕，第三场，28—29行）

他试图将个人忠诚与对国家的忠诚区分开来，希望能
够在表示爱家人的同时，又不消除他对罗马的敌意，但他
母亲能言善辩，坚持认为他有必要作出妥协，如果他征服
了罗马，就是征服了她。

这场戏中较长的几段台词证明莎士比亚精通戏剧文
学的修辞说法。当恳求者们最后跪在他面前，文学修辞手
法在舞台提示中达到了高潮，这些舞台提示甚至更为雄辩
有力地证明了他能够娴熟地掌控戏剧效果。科利奥兰纳斯

图 9. 伏伦妮娅恳请科利奥兰纳斯向她、她的家人以及罗马发慈悲。C. N. 科尚（C. N. Cochin）绘，版画，1789 年

"握住她的手，黯然无语"，这一刻是屈从的时刻，也是他
自我检讨和接受命运的重要时刻：

> 噢，母亲，母亲！
>
> 您做了什么？看！天都裂开了，
>
> 神明俯视苍生，嘲笑这幕悖逆伦常的
>
> 场景。噢，我的母亲！母亲！噢！
>
> 您为罗马赢得了一场幸运的胜利，
>
> 可对您儿子来说，相信我，噢！相信我，
>
> 被您打败的儿子不是陷入死地
>
> 也是身处险境了。随它去吧。
>
> （第五幕，第三场，183—190行）

他知道自己已经踏上了死亡之路。但他也知道，他
做得对，他不再不近人情，而是接受了自己的人性爆发带
来的全部负担：承认亲情的必要。与此同时，他也接受了
死亡的必然性。"随它去吧"，剧中的这句话相当于哈姆莱
特的那句"万事俱备"以及《李尔王》中的"时机完全成
熟"。然而，导致科利奥兰纳斯死亡的，正是本剧中的最

后一个悖论——母子关系的悖论，伏伦妮娅要求自己的儿子充分表达他对自己的爱。如此说来，爱与恨的关系是如此的紧密。

《科利奥兰纳斯》关注的是国家领袖的个性与国家命运之间的关系，在后世的许多历史时期，它都能和时事联系起来。在 17 世纪，内厄姆·泰特将其改编为《忘恩负义的国家》，称它"很像我们这个时代激烈的派系斗争"，用它来影射所谓"反对查理二世的教皇阴谋案"。近来，人们推出了许多政治用意深刻的作品，这些作品并不属于同一个阵营。1932 年在巴黎，这部剧的演出引起了右翼游行，在 20 世纪 30 年代的德国，中小学课本带着赞赏的态度将科利奥兰纳斯与希特勒进行了类比，而此后不久，据说莫斯科有一场演出将科利奥兰纳斯塑造成"一位脱离人民并且背叛人民的超人"。

在 1963 年，柏林剧团根据贝托尔特·布莱希特（Bertolt Brecht）半途而废的改编本表演了该剧，这个本子降低了马歇斯作为武将和政治家的声望。君特·格拉斯（Günter Grass）的戏剧英文名为《平民起义的演习》（1966），讲的是布莱希特正在剧院里排练他的《科利奥兰纳斯》，这时候传来消息说柏林城内发生了起义，反对执政党实施新的劳工条例。或许是出于反制，约翰·奥斯本（John Osborne）于 1973 年出版了一部"改编"的剧本，名字叫做《所谓罗马》，采取了明显的右派立场。在伦敦，《科利奥兰纳斯》于 1984 年在国家剧院上演，由彼得·霍尔执导，伊恩·麦凯伦扮演科利奥兰纳斯，该剧将古罗马与撒切尔时代的英国进行了类比。霍尔于 1959 年在埃文河畔斯特拉特福执导过一场时事性不是很强的演出，由劳伦斯·奥立弗担任主演，他的表演精彩绝伦，有诙谐的反讽意味。根据这部剧改编的唯一一部故事片（2011）由拉尔夫·法因斯（Ralph Fiennes）执导并主演，瓦妮莎·雷德格雷夫（Vanessa Redgrave）扮演伏伦妮娅，该片压缩了原剧的内容，将它和现代战争联系起来，精彩、有趣地更新了原有的剧情。

尾声：

我们为什么会喜欢悲剧？

　　在为莎士比亚悲剧写导读的过程中，我一直在预设读者对悲剧这种形式很感兴趣。这句话听起来有点怪怪的。剧院通常被当作娱乐场所，既然如此，我们可能会发问：为何人们愿意花钱主动去看那些苦难、残酷、自杀、暗杀、谋杀甚至是吃人的场面？对于这个问题有许多回应，其中最简单的回应是：这个问题预设了一种看法，即认为剧院的功能非常有限——仿佛它的存在只是为了娱乐。

　　但是，更为细致入微的回应也是存在的。有一种回应认为，莎士比亚的悲剧正如大部分优秀戏剧一样，故事生动、构思精妙，以情节为推动力，让我们经历了一系列相互关联的事件，结尾能够满足剧情发展引起的观众期待。还有一种回应则认为，在制造这种效果的过程中，这些悲剧使用的语言能够强烈地吸引有同感的听众（或读者）；

这种语言情感奔放，富有感染力，复杂多样，能够有力地表现人物个性，词语搭配巧妙，既让人觉得每部剧都有独到之处，又产生一种格言警句式的辛辣。还有一点也很重要，莎士比亚在构思悲剧的过程中，多次采取一种反讽的、喜剧性的视角去看待人物及其行为。悲剧因素和喜剧因素的融合——这是新古典主义批评家痛诋的戏剧大忌（见第五章；96页），让人真实地感受到了人生经历的复杂性和多样性，突破了比较狭隘的单一视角的限制。

莎士比亚的悲剧（以及其他戏剧）之所以魅力十足，其中最主要的原因或许在于，它们能够让我们感同身受，勇敢面对人生的终极现实；能够让我们感觉到，生活中的喜怒哀乐、爱恨情仇、善恶冲突是难解难分的；能够让我们感觉到死亡之不可避免，和人类力求减缓死亡恐惧带来的伤感；能够让我们感觉到人生在世暗含的不解之谜。在这里，悲剧有些宗教仪式的意味，让我们和各个时代的人们一道，努力吸收人生中的苦涩，吸收伴随着我们走向死亡之旅的种种缓和因素和慰藉，甚至去体会某种可能性，也就是哈姆莱特所说的，可能会有"某种死后的东西"。

不过，这种可能性给哈姆莱特带来的是恐惧而非希望，使他宁愿"忍受现世的忧闷，/而不敢飞身投向未知的苦境"。莎士比亚的喜剧经常暗示团圆和复活的可能性，或者说，至少是团圆和复活的希望。然而，在他的悲剧当中，虽说正如我们看到的那样，马克·安东尼憧憬着一种（异教特有的）死后灵魂的生活："在那灵魂卧伏在花丛中的乐园里"（第十章，176页），但更常见的却是，莎士比亚似乎将死亡视为一种永恒的安息——被人彻底遗忘，这是最好的状态，至于最坏的状态，正如《一报还一报》中的克劳迪奥所说的，是我们"躺在冰冷不知去处的地方"腐烂掉；或者同样糟糕的状态，是我们

> 住在坚厚的冰山里，
>
> 忍受彻骨的严寒；
>
> 卷进狂暴无形的阴风，无法逃脱，
>
> 围绕着悬挂在宇宙中的地球，
>
> 永无停息。[1]

（第三幕，第一场，122—126行）

1　本书所引《一报还一报》（又译《请君入瓮》）译文，均出自英若诚译《请君入瓮》，中国对外翻译出版公司，2007年。个别地方有所改动。

　　莎士比亚的悲剧并没有针对我们的困境给出简单易行的答案，但它们或许能够激励我们，安抚我们，让我们深入思考生死大事，帮助我们一起去感受共同的人性。

百科通识文库书目

历史系列：

艺术文化系列：

自然科学与心理学系列：

破解意识之谜	认识宇宙学
密码术的奥秘	达尔文与进化论
恐龙探秘	梦的新解
情感密码	弗洛伊德与精神分析
全球灾变与世界末日	时间简史
简析荣格	浅论精神病学
人类进化简史	走出黑暗——人类史前史探秘

政治、哲学与宗教系列：

动物权利	《圣经》纵览
释迦牟尼：从王子到佛陀	解读欧陆哲学
死海古卷概说	欧盟概览
存在主义简论	女权主义简史
《旧约》入门	《新约》入门
解读柏拉图	解读后现代主义
读懂莎士比亚	解读苏格拉底
世界贸易组织概览	